COLLECTION

Cascade

YVES-MARIE CLÉMENT

UN KIMONO POUR TADAO

ILLUSTRATIONS DE
THIERRY CHRISTMANN

RAGEOT-ÉDITEUR

À mon maître et ami, Patrick Berthonnière.

ISBN 2-7002-1206-1
ISSN 1142-8252

LE CHAMPION

Debout dans la cabine du bateau, le visage appuyé contre la vitre couverte d'embruns, Tadao regarde l'île qui s'éloigne dans le remous des vagues. Il cherche à deviner le petit chemin qui mène à sa maison. Mais très vite, l'île n'est plus qu'une masse sombre. Il s'assied avec les passagers. Sa mère a mis dans son sac des beignets de poisson comme elle sait si bien les faire. Il les mangera plus tard, pour mieux les savourer.

Il ferme les paupières et se laisse bercer

par le tangage du bateau. Il songe à son père, disparu en mer il y a trois ans ; il imagine sa mère qui s'en retourne de l'autre côté de l'île, sa petite sœur dans les bras et l'autre qui suit en trottinant. Il les voit qui jettent de temps en temps un petit coup d'œil vers l'océan où la navette doit leur apparaître maintenant comme une coquille de noix ballottée par les flots. Il entend les dernières paroles de sa mère résonner dans sa tête : « Tadao, pour un garçon comme toi, un an, ce n'est pas le bout du monde. Et puis chez tante Ikuko, tu es toujours bien nourri ! »

C'est vrai… Tadao a déjà passé une année chez tante Ikuko, la sœur de sa mère. Sur l'île de Tomiuka où il a grandi, l'école s'arrête aux cours primaires, « jinjo-shogakko ». Mais sa mère a tenu à ce qu'il poursuive ses études. Ainsi pourra-t-il se trouver un travail moins dangereux que celui de marin-pêcheur. Et tante Ikuko, qui reçoit une honorable pension de veuve, a accepté de prendre en charge Tadao. En échange, il l'aidera aux travaux ménagers, pour l'eau, le bois…

Tadao n'est pas malheureux. Il aime

bien tante Ikuko. Cousin Takéji également. Par contre, les deux cadets, Isao et Tetsuya, les jumeaux, n'oublient jamais, eux, de se moquer de lui.

Le pilote vient de lancer la marche arrière pour accoster. Tadao plonge la main dans sa poche droite. Les cinquante yen[1] que sa mère lui a donnés pour prendre le car sont toujours là. Il serre les piécettes dans le creux de sa paume.

Il fait bon sur les quais. Mais il n'a pas le temps de flâner pour observer les matelots. Dans un nuage de fumée noire, le vieil autocar bleu de la compagnie Osasha s'arrête devant la poissonnerie générale. La porte à soufflets s'ouvre en grinçant. Il monte et donne l'argent au chauffeur, en échange d'un ticket.

– Eh, Tadao !

C'est le cousin Takéji. Un sac de sport sur les genoux, le visage rayonnant de bonheur, il revient des championnats de judo de Yoshiro. Tadao se glisse près de lui.

– Alors ?

1. Le yen est la monnaie du Japon.

– Alors, je suis champion ! J'ai gagné tous mes combats, tu te rends compte ? J'ai gagné contre Saburo de l'équipe de Koya. Il a pourtant la réputation d'être le plus fort.

– Tu n'as pas eu peur ?

– Oh… un peu. Surtout au moment où le président du tournoi a annoncé son nom : « Saburo ». J'ai senti mon ventre se nouer. Mais à quinze secondes de la fin du combat, j'ai réussi à le faire rouler autour de ma hanche. Il n'a pas pu esquiver.

Le car monte en gémissant la route en lacets qui mène au col des Trois Pères. Un brouillard frais, soufflé par le vent, fait disparaître la vallée dans un nuage vaporeux. De l'autre côté de la montagne, le ciel redevient bleu. La forêt de pins aux épines grillées par le soleil d'été domine les collines parsemées de rizières. Le gigantesque damier de verdure descend en cascades jusqu'à l'océan.

Assis derrière le chauffeur, Takéji bouillonne d'impatience. Il a hâte d'annoncer la bonne nouvelle. Il ne cesse de répéter :

– Ah, Tadao… si tu avais vu comment je l'ai projeté ! Il n'est pas près de s'en remettre le Saburo. Ah, ça non…

Enfoncé dans la banquette de moleskine rouge, Tadao se force à sourire. Il admire Takéji. Il est fier de son champion de cousin qui revient triomphant au village. Mais en même temps, un sentiment désagréable l'envahit. Il se sent tellement faible, par rapport à ce garçon de trois ans son aîné ! Lui si petit, si mince. Ce n'est pas pour rien qu'on l'appelle le lançon, « la petite anguille ».

Le nez presque collé sur la vitre embuée, Tadao observe le village qui se rapproche insensiblement. Les maisons des pêcheurs s'étalent au pied des falaises. Certaines sont juchées sur des pilotis ancrés dans le sable blond de la plage. D'énormes rouleaux surmontés d'écume blanche se brisent sur les récifs. Les dieux sont en colère. Au loin, la petite île de Tomiuka barre l'horizon d'un trait noir.

– Haniwa ! Haniwa ! signale le chauffeur d'une voix chantante…

Une femme sans âge passe la première. Elle porte une cage d'osier dans laquelle se chamaillent deux grosses poules rousses. Avec ses vieilles socques de bois toutes râpées, elle manque de trébucher sur le marchepied. Elle est coiffée d'un chapeau de paille noué au cou par une corde usée.

– C'est la grand-mère de Ryoko, murmure Takéji.

– Ryoko ?

– Tu sais bien, Ryoko, la petite-fille du directeur de l'école... Tous les garçons sont amoureux d'elle !

Le car ne descend jamais jusqu'au village. « La route est trop mauvaise », répète inlassablement le chauffeur. Mais peu importe. Les deux cousins connaissent un raccourci. C'est un chemin dallé de pierres plates qui court vers la falaise. Après le petit bois, des marches taillées dans le roc plongent vers le rivage. Les vieux, eux, préfèrent prendre la route...

Le vent marin, chargé d'iode et de sel, leur fouette agréablement le visage. Takéji descend les marches quatre à quatre. Tadao le suit de loin, collé contre la paroi rocheuse. Le vide, le mouvement de l'océan, l'air trop dense l'étourdissent. Chaque fois qu'il emprunte cet escalier, une appréhension lui pince le cœur.

À travers les bosquets d'arbrisseaux aux branches malingres apparaissent les premières maisons. Takéji s'est mis à courir. Ses pieds s'enfoncent dans le sable humide, laissant de profondes empreintes. De puissantes bourrasques massent ses cheveux. Tadao plisse les paupières, marchant courbé contre le vent.

Isao et Tetsuya ont entendu le moteur du car. Ils attendent leur frère, assis sur la digue de béton. Takéji les aperçoit. Il tend les bras, poings fermés, en signe de victoire. Aussitôt, les deux garçons se lèvent et foncent en courant vers la maison. Avant même que le champion ne franchisse le seuil de chez lui, tout le village est averti de son exploit…

Le soir, au cours du repas, Takéji raconte son dernier combat. À genoux sur une natte de paille élimée, Tadao ne perd pas une miette du récit de son cousin. La lueur dansante du feu de bois illumine les visages. Il a l'impression de vivre la scène.

– Et qu'est-ce que tu lui as fait ? demande Isao.

– Quand j'ai compris que le temps était presque écoulé, je me suis dit : « Il te reste une chance, Takéji, il faut la prendre. » J'ai fait le vide dans ma tête, j'ai gonflé mes poumons…

– Et ensuite ?

– Après, je ne sais plus… Je me souviens seulement d'avoir senti Saburo passer par-dessus ma tête. J'avais gagné !

– O uchi mata[1]!

Tous les regards se tournent vers Tadao. Tetsuya éclate de rire. Isao pose ses baguettes dans son bol et demande :

– Qu'est-ce que tu en sais ?

– C'est Takéji qui me l'a dit…

– Monsieur s'intéresse au judo, maintenant ? insiste Isao, l'air moqueur.

– Je connais le nom de certaines prises…

Tadao voudrait en dire plus. Mais les mots restent coincés dans sa gorge. Ils forment comme une boule de riz bien trop grosse pour être avalée. Il baisse les yeux vers le foyer. Ses épaules se referment doucement sur sa maigre poitrine. Il s'en veut. Si seulement il arrivait à parler, au lieu de tout garder au fond de lui.

1. O uchi mata : grand fauchage intérieur.

Et puis, que risque-t-il ? Il relève la tête, attirant sur lui le regard de tante Ikuko…

– Ma tante…

– Tadao ?

– Tante Ikuko… je… je voudrais faire du judo !

Un silence étonné ponctue sa requête. Tante Ikuko fronce les sourcils, hoche la tête.

– Si ta pauvre mère t'entendait ! Tu es bien trop maigre pour te battre. Tu risquerais de te blesser. Et tu me coûtes déjà assez cher !

– Un lançon et un poltron qui voudrait devenir un champion ! ajoute Tetsuya en ricanant.

Mais Takéji ne semble pas de cet avis. Il prend son air le plus grave et dit :

– Pas besoin d'être fort pour faire du judo.

– Tu as pitié de lui ? demande Isao.

– Ça suffit, tranche Takéji. Je n'aime pas les moqueurs.

Tadao cligne des paupières pour ne pas laisser voir ses yeux qui se mouillent. Doit-il oublier ses rêves de judo ?

L'ENTRAÎNEMENT

Dans la forêt de pins, la lueur du soleil de fin d'après-midi transperce les branches et frappe les troncs torsadés. Tante Ikuko a envoyé Tadao ramasser un bon fagot de bois sec. Le parfum grisant des résineux l'entraîne sur le sentier de chèvres qui monte à l'ancien temple.

L'approche de l'été rend les corvées presque agréables. Assis sur un rocher, les pieds dans l'eau fraîche du torrent, Tadao se laisse bercer par le chant des rossignols, scandé par la complainte des grillons.

Dans quelques jours, les grandes vacances. Mais Tadao ne rentrera pas sur l'île de Tomiuka. En accord avec sa mère, tante Ikuko lui a trouvé de petits emplois chez les pêcheurs : nettoyage des filets, ramendage… Une manière de participer aux frais de sa pension. Tadao n'est pas mécontent, car le reste du temps, il sera libre et pourra parcourir la forêt, ce qu'il aime plus que tout ! Rêveur, Tadao ne voit pas l'heure passer, et déjà, la journée s'achève. Il est temps de s'occuper du fagot de tante Ikuko.

Tadao se lève. Pieds nus, ses socques en travers du dos, il ramasse une à une des branches de même longueur qu'il pose en tas contre un rocher. La brise de terre s'est levée. C'est le moment où basculent le jour et la nuit. Les oiseaux se sont tus. Suijinsama, le dieu de l'eau, chante dans le torrent. Au loin, l'océan se couvre d'un voile mauve, les chalutiers illuminés paraissent minuscules. Le ciel s'emplit d'étoiles…

Des voix… Tadao se redresse, recule instinctivement. Dans la pénombre, il aperçoit une colonne humaine qui grimpe le sentier. Ce sont les judokas. À petites foulées, haletants, ils suivent Noda senseï[1]. Comme des points de lumière, leurs kimonos blancs se détachent des troncs noirs des pins. Tadao reconnaît Takéji à sa stature imposante. Il court juste derrière le maître.

La joue appuyée sur l'écorce rugueuse d'un jeune pignon, Tadao ne peut s'empêcher de repenser à sa demande d'il y a neuf mois... « Tante Ikuko, je voudrais faire du judo. » Les jours ont passé. Puis les semaines et les mois. Personne n'en a jamais reparlé.

Et ce soir, Tadao sent renaître son irrépressible attirance pour le judo. Ces garçons courageux, pour lesquels l'effort ne compte pas, l'impressionnent. Oubliant sa tâche, il se glisse furtivement dans la forêt, vers l'antique salle d'entraînement.

L'humble dojo[2] d'Haniwa se trouve à l'écart du village, sur la colline qui domine la mer. C'est une bâtisse de pierre et de bois ouverte à tous vents été comme hiver, qui se confond avec le paysage. Les judokas s'y exercent quatre fois par semaine.

1. Senseï : maître.
2. Le dojo est l'endroit où l'on pratique les arts martiaux.

Le silence est tombé sur la salle. Tadao s'approche à pas feutrés du dojo faiblement éclairé par deux néons. Il s'accroupit derrière un rocher pour observer le cours. Les judokas l'ont devancé. Agenouillé face aux élèves, paupières miclosés et visage serein, Noda senseï répand une atmosphère d'harmonie comme le reflet de la lune sur l'eau. Audessus de lui, est accrochée la photo de Kano Jigoro Shihan, grand maître vénéré fondateur du judo. Tadao ne parvient pas à détacher son regard de la scène. Interdit, c'est à peine s'il ose remuer le petit doigt. Cette séance de retour au calme et de méditation le trouble fortement. Chaque seconde lui paraît une éternité.

Soudain, Takéji, l'élève le plus gradé, pose ses mains à plat sur le tatami et se penche en avant...

– Reï[1]!

Les autres judokas l'imitent de concert dans un salut rituel que leur rend aussitôt le maître. Noda senseï se lève et tape dans ses mains. Pas un mot. L'entraînement peut commencer.

En file indienne, les élèves rampent à

1. Reï : saluez !

plat ventre en se tractant sur les avant-bras. Tadao écarquille les paupières. L'effort des garçons est intense. Il lit la ténacité sur les visages crispés. Les plus jeunes se relèvent les bras tremblants. Mais ils retournent dans la foulée à l'autre bout de la salle pour réaliser d'autres exercices de musculation ou d'assouplissement.

Noda senseï tape de nouveau dans ses mains... Les judokas se replacent en rang dans le fond du dojo.

– Ukemi[1]!

Trois par trois, dans un ordre parfait, ils se lancent dans le vide pour une série de chutes avant. Corps souple, dos rond comme les chats, ils roulent en l'air, effleurant la toile. Mais au moment du contact, les bras frappent énergiquement le sol dans une pétarade surprenante. Tadao frissonne. Bouche bée, il avise Takéji qui se relève avec le sourire.

La lune monte lentement au-dessus des arbres. Elle lance des ombres confuses parmi les pins. Les premières chauves-souris virevoltent autour du dojo, à la

1. Ukemi : chute.

poursuite d'insectes attirés par la lumière blanche et magique des néons. Il fait presque frais. Tadao repense soudain à tante Ikuko qui doit peut-être s'inquiéter, et à son tas de bois abandonné près du torrent. Un dernier coup d'œil vers la salle où les judokas se sont empoignés, et il disparaît dans la forêt.

Tadao redescend en courant le sentier qui mène au village d'Haniwa. Ses socques claquent sur les cailloux. Des images de judo lui traversent l'esprit. Sur le seuil de la petite maison du bord de l'eau, tante Ikuko est en train d'allumer des bâtons d'encens. Elle se redresse, fâchée :

– Et alors ! J'attends mon bois depuis des heures !

Tout en ronchonnant, elle défait le maigre fagot du dos de Tadao.

– Tant de temps pour ramasser quatre brindilles ! Tu as encore gobé les étoiles !

Ce soir, Takéji revient tard de l'entraînement. Sans bruit, il ouvre le placard et sort son futon[1] qu'il déplie sur le plancher de la chambre. Tadao ne dort pas. Il suit le moindre geste de son cousin. Il envie cette silhouette musclée, douée d'adresse et de souplesse, qui semble le rendre invulnérable. Takéji s'allonge sur le côté. Dans l'obscurité, son regard croise celui de Tadao.

– Je t'ai réveillé ?

– Non... non, non.

– Tu ne parviens pas à trouver le sommeil ?

Tadao se passe la main dans les cheveux. Il se gratte la tête, hésite...

– J'étais dans la forêt, ce soir, Takéji. Et j'ai... j'ai assisté au cours de judo.

– Ce n'est pas bien ! rétorque Takéji en haussant le ton. Tu aurais dû m'en parler : j'aurais demandé la permission à Noda senseï...

– Je ne savais pas.

Tadao ferme les paupières. Il s'en veut d'être resté dans l'ombre de la forêt, caché derrière sa pierre. Isao se retourne sur sa couche en grognant. Tadao se recroqueville. Il se souvient

1. Futon : matelas.

des paroles de son cousin : « Pas besoin d'être fort pour faire du judo. »

– Eh, Takéji… tu crois que je pourrais devenir judoka ?

– Mmmmh… tout le monde peut devenir judoka.

– Et champion ?

Takéji ne lui répond pas.

Au petit matin, l'arôme du thé vert chatouille les narines de Tadao. Un rayon de soleil traverse la cloison à claire-voie. Il entrouvre les yeux. Takéji, qui est déjà levé, l'apostrophe :

– Ce soir, je demanderai à Noda senseï s'il accepte que tu assistes à la prochaine et dernière leçon de la saison…

LE DOJO

Sur le chemin de l'école, Tadao pense à sa mère. Elle serait sûrement fière de lui s'il devenait judoka. Peut-être parviendra-t-il à convaincre tante Ikuko de l'inscrire au dojo d'Haniwa ?

Il jette son cartable sur le dos. À la place de la chemisette blanche qu'il a enfilée ce matin, il imagine la veste d'un kimono de combat, épaisse, solide. Le vent léger berce ses rêves. Il se voit déjà sur la plus haute marche du podium, vainqueur des championnats inter-régionaux de Yoshiro... Le président du tournoi, un vieux maître à la ceinture blanche et rouge[1], vient le féliciter. Le voilà champion, champion de judo. Il sent la fierté de la victoire l'envahir. Le vide s'est fait autour de lui. Tous les regards sont braqués dans sa direction...

– Eh, Tadao !

Tadao se retourne. C'est Takéji qui le rattrape à grandes enjambées. Les trophées et le dojo de Yoshiro se volatilisent.

– Tu sais, pour hier soir... je voulais te dire : on ne devient pas champion comme ça !

Tadao rougit. C'est comme si le cousin Takéji avait lu dans ses pensées. Takéji croque un petit morceau de patate douce grillée, « satsuma imo ». Il en propose à Tadao.

– Avant d'en arriver là, il faut beaucoup de patience. Pendant ma première année de judo, j'ai souvent failli baisser les bras. Je n'étais pas le plus fort, et je n'arrivais pas à grand-chose.

1. Cette ceinture est portée par les judokas du cinquième au septième dan.

J'étais devenu un spécialiste des chutes… Et puis un jour, je me suis surpris à répéter un mouvement plus de cent fois sans me lasser ni me décourager. C'est comme ça que petit à petit, j'ai appris la patience !

Adossé au mur du préau, Tadao prend le soleil comme un petit lézard. Il observe la cour de l'école. À deux pas, Ryoko joue à la marelle avec d'autres filles de son âge. Le doux soleil matinal effleure ses cheveux brillants et soigneusement coiffés. Elle sautille en souriant d'une case sur l'autre, avec la légèreté d'un papillon qui butine. À l'autre bout de la cour, Isao et Tetsuya ont retrouvé leurs camarades. Des éclats de rire fusent du groupe. Takéji, lui, doit discuter de judo avec Morihei, son partenaire et meilleur ami.

Vêtu de sa longue veste grise, le directeur paraît sur l'escalier de l'entrée principale. Trois coups secs de son maillet sur la cloche de bronze, et les écoliers abandonnent leurs jeux, pour se regrouper en rangs serrés, tel un essaim d'abeilles. Deux nouveaux coups de cloche. La cour est maintenant plongée dans un épais silence. Seul le chant de la nature qui se réveille semble répondre en écho à l'éclat des voix et des rires qui se sont tus.

Tadao redresse la tête, plisse les paupières. Le parfum musqué de la chemise de son voisin l'incommode. Il voudrait se gratter le nez. Il ne tient pas en place. En jetant un coup d'œil sur la rangée de gauche, il aperçoit Takéji, plus droit qu'une statue. Il a la même expression immobile et paisible que Noda senseï pendant la séance de méditation de la veille. Tadao soupire. Lui-même n'est pas vraiment concentré !

À l'heure du repas, un cri familier scandé par le tintement d'une sonnette résonne sur la plage.

– Daurade, la belle daurade !

C'est Noro san[1], le pêcheur. Il pousse sa charrette à bras chargée de poissons aux écailles luisantes sous l'auvent de

1. Noro san : monsieur Noro.

la maison du bord de l'eau. Tante Ikuko l'invite à s'asseoir sur le seuil. Elle lui offre une tasse de thé. Noro san ôte son large chapeau de paille. Ses moustaches blanches aux poils épars dissimulent à peine le sourire affable et naturel du vieux bonhomme.

Tante Ikuko saisit une belle daurade par l'ouïe. Du bout de l'index, elle soulève la vessie gonflée d'air, comme pour en vérifier la fraîcheur.

– C'est la pêche de la nuit, déclare Noro san.

– La mer a été généreuse…

– Ogetsu-hime, la grande déesse de la nourriture, protège le village depuis toujours, Ikuko. Jamais les enfants d'Haniwa n'ont souffert de la faim ! Au fait, c'est d'accord… je vais bientôt avoir besoin d'un ramendeur, ajoute-t-il en lançant un clin d'œil à Tadao. Les dernières tempêtes ont sérieusement abîmé les filets. Et je crois qu'il est grand temps que Tadao apprenne un peu le métier. N'est-ce pas Tadao ?

Tadao acquiesce en souriant. Lui qui n'a pas tellement d'amis parmi les enfants de son âge, s'entend plutôt bien avec Noro san. Celui-ci avale une gorgée de thé, empoche les trente yen que lui tend Ikuko, et soulève sa charrette pour s'enfoncer à l'intérieur du village.

– Daurade, la belle daurade !

Baguettes suspendues au-dessus de son bol de riz, Tadao le regarde s'éloigner. Noro san connaît le nom et la vie de tous les dieux. Ses paroles reflètent la sagesse des vieux et sa bouche abonde de légendes d'autrefois. Souvent, Tadao le retrouve sur la plage. Il l'aide à remonter les filets frétillants de poissons, tout en écoutant l'histoire du Monde.

D'épais nuages assombrissent le ciel de l'après-midi. L'océan se hérisse de vaguelettes indisciplinées qui battent les récifs aux crêtes dépouillées. Il va pleuvoir. Tadao flâne dans la forêt, à l'abri des arbres protecteurs. L'air est tiède. C'est le commencement de l'été. Les herbes d'un vert tendre envahissent le sentier. Les crosses des fougères se déroulent vers le ciel. Sur les conseils de tante Ikuko, Tadao s'est armé d'une canne de bambou… « Les serpents et autres vermines vont sortir de la terre, Tadao. Il faut les y renvoyer ! » Tadao craint les serpents pour leur piqûre, mais il ne leur fera pas de mal, car Noro san lui a appris que ce sont des êtres sacrés qu'il faut respecter comme les dieux. Il paraît même qu'une déesse les aurait envoyés sur terre pour surveiller les hommes.

Un éclair fulgurant talonné d'une averse nourrie lézarde le ciel. Tadao se plaque contre le tronc d'un pin. Mais de lourdes gouttes ne tardent pas à ruisseler des branchages.

À une centaine de mètres de là, le dojo d'Haniwa au toit de tuiles rouges se découpe sur la grisaille et la masse sombre des bois. Tadao hésite à aller s'y réfugier. Mais la pluie redouble de violence. Il frissonne. Bientôt, il sera complètement trempé ! Il pousse sur ses talons et traverse en courant la distance qui le sépare de la bâtisse. Il s'arrête tout essoufflé à l'entrée du dojo.

Dans la pièce flotte une odeur d'encens et de poussière. Tadao se glisse à genoux sur les tatamis. Il éprouve l'étrange sensation de pénétrer dans un sanctuaire, un lieu de recueillement habité par des kamis[1]. Dans un renfoncement du mur, un petit autel shinto veille sur le dojo. Il s'approche. Une lampe à huile en éclaire délicatement les offrandes : un bonzaï centenaire, un bol de riz blanc, un bouquet de fleurs séchées et une lanterne portant le signe « Ei », éternité.

Au-dessus du joseki[2], la photo du grand maître fondateur impose sa présence aux lieux. Son regard sévère pénètre Tadao. Sous le portrait, un texte calligraphié rapporte ses propres paroles : « Le but du judo est de comprendre et de démontrer rapidement les lois vivantes du mouvement. »

Tadao ne peut résister à l'envie de saluer respectueusement les lieux. En se redressant, il réalise qu'il s'est permis d'entrer dans le dojo sans l'assentiment de quiconque. Est-ce une faute ? Et si Takéji venait à l'apprendre ? Il se retourne et lance un regard vers la forêt. L'orage s'est calmé. Le vent secoue en-

1. Dans la religion shinto, les kamis sont des divinités.
2. Joseki : côté du dojo où se place le maître.

core les branches qui s'égouttent en fines ondées. Personne ne l'épie. Seul, à l'entrée de son nid creusé dans un tronc d'arbre renversé par la foudre, un écureuil pointe le bout de son nez.

Les tatamis de judo ressemblent fort à ceux de la maison du bord de l'eau. La toile est rêche et usée. Tadao donne un coup de poing sur l'un d'eux pour en tester la souplesse. La paille de riz est plus tassée qu'il ne l'imaginait. Il a l'impression d'avoir tapé sur une planche raide. Comme les ukemis doivent être douloureux ! Pourtant, Takéji ne se plaint jamais. Et il est rare qu'il revienne éclopé d'une leçon...

Debout au centre du dojo, Tadao teste le sol de la pointe de ses orteils. Et lui, oserait-il se jeter dans le vide pour faire une chute avant ? Il songe aux roulades que le maître d'école leur fait faire pendant les cours de gymnastique. Cela ne doit pas être tellement différent !

En prenant sa respiration, Tadao incline la tête comme il l'a vu faire la veille. Il avance le pied droit, et roule sur le tatami. Il se reçoit comme un sac de riz qui tombe d'une charrette. Déçu, il se relève, les mains bien à plat sur ses reins endoloris. La voix de Takéji souffle dans son esprit : « Patience, Tadao, patience... »

Tadao jette un coup d'œil sur le portrait de Kano Jigoro. Peut-être le grand maître fondateur pourrait-il l'aider dans ses premiers pas... Il se replace au centre de la pièce, prend son élan, et se lance à corps perdu dans une nouvelle roulade. Cette fois, son dos s'est arrondi, ses cheveux effleurent la toile, mais son épaule droite frotte le tatami. Il retombe sur le côté. Il se redresse en hochant la tête. Il est fermement décidé à y parvenir...

Les nuages se sont dissipés. Sur la colline, dans ce coin de forêt, on n'entend plus que le bruit mat des chutes de Tadao. Les rayons du soleil d'été assèchent le toit de tuiles rouges du dojo d'Haniwa.

Dans la maison du bord de l'eau, l'odeur du poisson bouilli se mêle au parfum des feuilles aromatiques pendues en bouquets au-dessus des fenêtres

« shoji ». Tetsuya et Isao grignotent des « senbei », biscuits salés à la crevette. Tadao n'a pas vraiment faim. Il attend avec impatience le retour de Takéji.

Il tend l'oreille et reconnaît la foulée de son cousin. À peine a-t-il franchi le pas de la porte qu'il lui demande...

– Alors ?

– Noda senseï accepte que tu assistes à la leçon de demain.

Tadao soupire d'aise. Le dos et les épaules contusionnés, il s'assied en grimaçant devant la table basse de la cuisine. Tante Ikuko, affairée à garnir l'âtre « itori », suspend son geste...

– Te serais-tu blessé, Tadao ?

– Ce n'est rien, ma tante ! puis il ajoute en relevant la tête et en mâchant bien chaque syllabe : cet après-midi, je me suis entraîné à faire des chutes, euh... dans la forêt !

– Ah ! Cette mauvaise idée t'a repris ! gronde tante Ikuko en posant une belle bûche dans le feu.

– Tu risques de te blesser, ajoute Takéji. On n'apprend pas à faire des ukemis sans les conseils d'un maître !

– Takéji a raison !

– Mais, tante Ikuko… je veux faire du judo !

– Eh bien soit ! tranche tante Ikuko. Emmène-le demain au dojo, Takéji. Et demande à Noda senseï s'il veut bien de lui à la rentrée prochaine !

Toute la nuit, Tadao berce dans sa tête des images de judo. Il révise ses chutes, s'imagine aux prises avec des combattants confirmés. Il tombe, se reçoit sur le crâne. Kano Jigoro Shihan le regarde évoluer sur les tatamis. Le vieux maître vénéré sort du tableau et vient se placer face au jeune débutant pour observer son travail.

La toile du futon est trempée de sueur. La paille humide et mal répartie fait des bourrelets qui gênent Tadao. Il faudra la changer à l'automne, quand le riz sera rentré. Il se retourne, ouvre les yeux. La lune est pleine. Sa pâle lueur, tamisée par la cloison, éclaire discrètement le fond de la chambre. Sur le tabouret, près de son kimono serré dans une ceinture noire usée, Takéji a préparé un kimono pour Tadao, enroulé dans une ceinture blanche.

LA PREMIÈRE LEÇON

Tadao s'apprête à réaliser un rêve, pourtant, il n'est pas très à l'aise. Il appréhende le moment où il lui faudra se défendre contre un autre judoka. Aura-t-il assez de courage et de volonté ?

L'heure du départ a sonné. Takéji donne les dernières recommandations à son cousin. Il lui explique comment attacher la ceinture « obi ».

– Regarde, tu dois bien la serrer. Il ne faut pas qu'elle se détache au cours d'un combat. Le nœud doit être juste au milieu du ventre, sous ton nombril. Tu vois, c'est de là que partent toutes les énergies, ajoute-t-il en gonflant son abdomen.

Takéji replace correctement les deux pans de son kimono. Tadao l'écoute comme un grand frère. Ses yeux pétillent d'admiration. Ensemble, ils rangent soigneusement les kimonos dans un sac de sport. Avec ses grandes jambes, Takéji est déjà sur le chemin. Tadao fait quelques mètres et se retourne. Sur l'île de Tomiuka, Higushi san vient d'allumer le phare. Sa lueur éblouissante balaie la crête des vagues où se camouflent les dents acérées de dangereux récifs. Une mouette traverse le ciel en riant. C'est de bon augure. Là-bas, sur l'île, ses deux petites sœurs doivent déjà dormir.

En traversant la forêt de pins, Tadao sent son courage l'abandonner. Comment vont se comporter les autres judokas à son égard ? Vont-ils se moquer de lui ? Et lui, va-t-il se montrer à la hauteur ? Takéji se retourne, le prend par l'épaule, un sourire au coin des lèvres.

– Tu as peur, Tadao ?

– Je n'ai pas peur ! Pourquoi dis-tu cela ?

– Parce que tu as peur, ça se voit !

Tadao lui confie en soupirant :

– Tu… tu as raison, Takéji. Maintenant, j'ai peur. Je ne sais pas pourquoi, mais c'est comme si on me demandait d'aller soulever une montagne !

– Personne ne te force, tu sais. Tu peux encore redescendre au village pour aller jouer au cheval de bambou avec les autres enfants.

Tadao ne lui répond pas. Il essaie de chasser l'angoisse en pensant à autre chose. Mais ce sont toujours les mêmes images qui resurgissent dans son esprit : Tadao le lançon, Tadao le triste, Tadao le poltron.

Le dojo se découpe entre les pins. Il baigne dans la lueur du soleil couchant.

Kosei et Morihei sont déjà là. Ils s'appliquent à balayer les tatamis couverts de feuilles apportées par le vent.

Noda senseï est agenouillé devant l'autel shinto. Le cœur de Tadao cogne dans sa poitrine. Dans l'ombre de Takéji, il monte les trois marches du petit escalier de bois. Au passage, Takéji s'incline pour saluer. Timidement, Tadao l'imite, gêné à l'idée qu'on le regarde. Mais personne ne semble faire attention à lui. Un groupe de garçons arrive derrière eux, et tous saluent à leur tour, marquant ainsi leur respect pour le dojo, le judo, et pour tout ce qu'il représente.

Bientôt, tous les judokas sont là. Pas un n'est en retard. Noda senseï se redresse. Il remarque Tadao...

– Alors, voilà un nouvel élève au dojo d'Haniwa...Quel dommage que tu ne viennes qu'au dernier cours de la saison. Il ajoute avec un large sourire : Takéji sera ton sempaï[1]. C'est lui qui te guidera dans ta nouvelle vie de judoka !

Noda senseï regagne sa place, sur le côté supérieur. Dans le dojo règne le silence. Les élèves s'agenouillent en ligne face à lui, sur le côté inférieur. Ils sont par ordre de grade : Takéji à droite,

1. Les sempaïs (anciens élèves) guident les kohaïs (novices dans le dojo).

avec les ceintures noires, Tadao à gauche, dernier de la rangée, avec les ceintures blanches.

– Reï !

Après le salut rituel, la petite troupe s'enfonce en courant dans la forêt. Tadao s'accroche aux talons de Takéji, les yeux rivés sur ses épaules qui sautent à chaque foulée. Il s'efforce de prendre son rythme. En montant le sentier de pierres qui grimpe à flanc de montagne, le souffle commence à lui manquer. Sa gorge le brûle.

Il faut tenir. Mais déjà, il ralentit...

– Allez, cousin ! lui lance Takéji. Courage, ça ne fait que commencer !

Dans la descente vers le dojo, les exercices deviennent plus éprouvants. Courir avec un partenaire sur le dos, marcher en canard, sauter à pieds joints par-dessus des tas de branches et des rochers... Pour Tadao, c'est un véritable supplice. Ses pieds glissent sur les pierres, il se tord les chevilles. Exténué, il monte péniblement sur les tatamis. Les judokas sont à genoux face à Noda senseï, et ils récupèrent leur souffle dans le calme. Tadao souffre encore de cet échauffement brutal. Personne ne le regarde. Petit à petit, les douleurs s'estompent. « Je l'ai fait et je ne suis pas mort ! » pense-t-il joyeusement.

Passé la période de retour au calme, Noda senseï tape dans ses mains…

– Ukemi !

Les garçons se lancent dans une série de chutes arrière. Takéji entraîne Tadao à l'angle du dojo. Il s'accroupit, arrondit le dos le plus possible, et roule comme une balle, le menton contre la poitrine, pour venir frapper avec les bras sur le tatami.

– À ton tour, Tadao, mais n'oublie pas de taper fort, c'est ce qui va te permettre d'amortir la chute. Alors, tu es prêt ?

Tadao prend la position. Il n'est pas rassuré, il sent comme un gouffre s'ouvrir derrière lui. Se jeter en arrière demande beaucoup de confiance en soi. Takéji l'aide en le tenant par le revers de son kimono. Puis il le laisse répéter l'ukemi plusieurs dizaines de fois. Tadao prend de l'assurance et, petit à petit, sans crainte, il se laisse chuter en arrière et vient frapper les tatamis des deux bras écartés et tendus. Le claquement l'impressionne, mais il ne ressent pas de douleur. Seule la fatigue commence à le gagner. Il se relève tout tremblant, au moment où Noda senseï invite Takéji à faire une démonstration. Les judokas se rassemblent en silence autour du maître.

– Ce soir, nous allons travailler une projection de bras. Il s'agit de taï otoshi[1].

Takéji s'incline respectueusement devant Noda senseï. Celui-ci lui rend son salut et avance le pied droit. Les deux ceintures noires se mettent en garde. Comme à son habitude, Noda senseï exécute le mouvement au ralenti afin que les élèves détaillent correctement l'enchaînement. Tadao retient son souffle, vivement touché par le sérieux et la concentration des deux judokas.

Par une traction de la main gauche et un déplacement du pied, Noda senseï parvient à rompre l'équilibre de son partenaire. Dans un mouvement tournant, il place sa jambe droite en barrage. Takéji, aspiré vers l'avant, roule dans le vide et chute en souplesse.

Noda senseï exécute taï otoshi plu-

1. Taï otoshi : renversement du corps.

sieurs fois de suite, de plus en plus vite. Entre ses mains expertes, Takéji paraît plus léger qu'un fétu de paille. Les deux corps lancés dans une explosion d'énergie ne font bientôt plus qu'un. Noda senseï contrôle parfaitement son partenaire qui se reçoit sur le dos et rebondit sur les tatamis. La projection donne une impression fascinante de rondeur et d'harmonie.

Dehors, le soleil a complètement disparu derrière la montagne. Le ululement d'une chouette emplit la nuit tout entière. La lueur vibrante des néons raccourcit l'ombre des judokas qui se livrent à un étrange ballet.

L'entraînement se poursuit. Deux par deux, les garçons travaillent maintenant le mouvement en uchi komi[1]. Les kimonos trempés de sueur se tendent sous les tractions vigoureuses. Tadao a retrouvé son cousin. Il le salue, prend la garde, et cherche à imiter les gestes de Noda senseï. À regarder, cela paraissait plutôt facile, mais à réaliser… Et son déplacement « taï sabaki » est gauche

1. Uchi komi : répétition d'une technique, mais sans aller jusqu'à la projection finale.

et lourd. Sa respiration est saccadée. Il s'essouffle vite. Takéji le corrige.

– Tu vas trop vite, Tadao ! Prends ton temps !

– Je n'y arrive pas ! Tu es trop lourd pour moi…

Takéji sourit et lui répond :

– Ce n'est pas une question de poids… Pense au gros Saburo que j'ai battu l'année dernière.

Tadao s'essuie le front du revers de la manche. Noda senseï, en passant derrière lui, le prend par l'épaule. Un sourire confiant anime son visage.

– Tu viens d'entrer dans un monde nouveau dont il te reste à découvrir tous les secrets, Tadao. Ton corps et ton esprit sont encore fragiles. Il ne faut surtout pas te décourager !

Noda senseï interrompt ensuite la séance d'uchi komi. Les judokas se replacent face à lui par ordre de grades.

L'air est tiède, parfumé aux senteurs sauvages de la forêt. Le dojo d'Haniwa semble respirer au cœur de la montagne. La chouette plonge de sa branche. Ses puissantes serres transpercent la poitrine d'un rat-mulot.

– Randori[1] ! Les ceintures noires, vous invitez les ceintures blanches !

Un malaise profond s'empare de Tadao. Son cœur s'accélère, son ventre se noue, il pâlit. Un sentiment angoissant d'abandon le saisit. Il voudrait être ailleurs.

Mais Takéji est là, qui avance vers lui.

– De toute façon, lance Tadao, ça ne sert à rien… Tu es sûr de gagner !

Takéji ne lui répond pas. Il salue Tadao pour l'inviter à combattre. Entraîné par le geste, Tadao salue à son tour.

Deux par deux, face à face, les judokas attendent le signal du début du combat :

– Hajime[2] !

Les lutteurs s'empoignent. Chacun s'efforce de mettre à profit les fruits de l'entraînement, ajustant sa tactique à celle du partenaire pour chercher à le dominer.

Les premières chutes se font entendre. Les kiais[3] retentissent et se perdent dans le sous-bois. Les deux cousins ont pris la garde. Tadao tremble sur ses

1. Randori : combat !

2. Hajime : commencez !

3. Le kiai, qui s'exprime souvent par un cri, est l'art d'utiliser son énergie par la maîtrise de la respiration.

jambes. Parfaitement décontracté, Takéji se déplace lentement dans l'intention de lui faire ressentir les déséquilibres de son corps. Tadao voudrait résister, se jeter sur les genoux pour échapper à cette danse étrange dans laquelle il se trouve emporté. Tiré, poussé, soulevé, il s'agite telle une marionnette pantelante et désarticulée. Takéji l'abreuve de conseils :

– Plus souple sur tes jambes ! Suis mes déplacements ! Rentre dans mon rythme !

Mais Tadao ne l'écoute pas. Soudain, il roule autour de la hanche de Takéji. Son corps s'écrase sèchement sur les tatamis. Il a été happé par une force invisible et irrésistible ! Il se relève, abasourdi. Takéji lui laisse le temps de reprendre son équilibre…

– Tu vois ? Ce n'est pas si terrible que ça ! Maintenant, tu vas essayer de te défendre.

De nouveau pris dans un tourbillon effréné, Tadao sent son corps se tendre. Ses bras deviennent plus raides que des planches. Ses mains, cramponnées à la veste de Takéji, cherchent en vain à lui résister. Ses muscles s'ankylosent. Il ne contrôle plus sa respiration. Ses cheveux dégoulinent de sueur. Une seule idée l'obsède : ne pas chuter une seconde fois !

Cependant, Takéji continue de jouer au chat et à la souris. Il amorce des prises pour le faire réagir. Il fauche sa jambe droite en entamant o soto gari[1]. Il balaie son pied gauche en de ashi baraï[2]. Il l'enroule autour de sa hanche en simulant tsuri komi goshi[3]. Il feint de le faire passer en travers de son dos en kata guruma[4], lui offrant ainsi chaque fois l'occasion de se défendre.

– Allez, Tadao… il faut m'attaquer !

Tadao lance une jambe, essaie de crocheter la cheville de Takéji. Mais il n'est pas bien stable sur ses pieds et ses assauts portent dans le vide.

– Sore made[5]!

Les judokas se saluent. Tadao, à bout de souffle, a l'impression de sortir d'un mauvais rêve.

Sa gorge le brûle. Ses articulations

1. O soto gari : grand fauchage extérieur.
2. De ashi baraï : balayage du pied avancé.
3.Tsuri komi goshi : projection de hanche.
4. Kata guruma : roue autour de l'épaule.
5. Sore made : fin de combat !

lui font mal. La peau de son cou est rougie par le frottement répété du kimono. Il observe son cousin replacer correctement les pans de sa veste. Takéji lui paraît invincible. S'il l'avait voulu, il aurait pu le projeter vingt fois sans qu'il puisse réagir !

Le village s'est endormi. Dans la petite maison du bord de l'eau, Tadao ne parvient pas à trouver le sommeil. Quand ses paupières se ferment, son corps passe par-dessus la tête de Takéji, il plonge dans le vide du haut de la falaise d'Haniwa. Il veut hurler, mais aucun son ne sort de sa bouche. Ses bras battent l'air désespérément... Le cauchemar le réveille en sursaut. Il s'assied pour reprendre conscience et chasser ses angoisses.

Il fait chaud. L'excitation est trop forte. Tadao se frotte les yeux. Il se lève. Sans bruit, il se glisse hors de la maison.

Là-bas, vers la Pointe du Dragon, un pêcheur remonte son filet. Tadao le rejoint. C'est Noro san. Le vieil homme l'a aperçu. Il lui fait signe de la tête...

– Bonsoir, Tadao !

– Bonsoir, Noro san... Je peux t'aider à ramasser le poisson ?

– Tu n'es pas encore couché à cette heure ? Ça n'est quand même pas tante Ikuko qui t'envoie ?

– Je n'arrive pas à m'endormir, Noro san...

– Quelque chose te tracasse, mon garçon ? demande le vieux pêcheur, perspicace.

– Je suis allé à ma première leçon de judo, Noro san.

– Et ça ne s'est pas bien passé ?

Tadao hausse les épaules. Noro san tire sur la corde de nylon, remontant les bouées multicolores sur le sable.

– Tu sais, murmure Tadao... Cousin Takéji est vraiment très fort. Et je ne sais pas si j'arriverai un jour à devenir comme lui.

Noro san sourit. Dans les mailles du filet frétillent toutes sortes de poissons. Des soles couleur limon, des daurades aux écailles brillantes, mais aussi de grosses méduses gélatineuses que le courant a portées jusque-là. Tadao les décroche et les rejette une à une à la mer. Plus qu'une brasse[1] de filet, et Noro san pourra remplir les paniers d'osier entreposés dans la charrette.

– Quand j'étais jeune, Tadao, moi aussi j'ai fait du judo. C'était avant la guerre. Je n'étais pas un bon élève. Je voulais apprendre trop vite, j'étais trop impatient. Pendant les compétitions, j'étais mauvais perdant, je travaillais en force, bloquant toute initiative de mes adversaires. Aujourd'hui, je le regrette un peu, d'autant que ce mauvais esprit m'a valu quelques blessures.

– Des blessures ?

– Oh, jamais très graves... Mais aujourd'hui, mes genoux, ma nuque et mes épaules me rappellent parfois à l'ordre. Je faisais du judo négatif, pas souple pour deux sous ! Et bien souvent, quand on se blesse, c'est que le corps et l'esprit ne sont pas en harmonie. Enfin...

– Le dojo du village existait déjà, Noro san ?

– Bien sûr ! Je me souviens... on

1. La brasse est une unité de mesure équivalant environ à 1,60 mètre.

était une bonne équipe. Chez les plus jeunes, il y avait ton père…

– Mon père ?

– Eh oui, ton père. Il y avait aussi le directeur de l'école. Tu sais, le grand-père de la petite Ryoko… D'ailleurs, tu devrais lui rendre visite, Tadao. Je suis sûr qu'il te donnerait de très bons conseils. C'était le meilleur de nous tous. Un vrai champion !

La mer s'est apaisée. Tadao regarde les vagues. Elles s'étalent sur le sable blond dans un silence d'écume. Un parfum d'algues vivantes lui caresse les narines. Il ferme les yeux, écoute respirer le vent.

Il imagine son père en kimono. Peut-être était-il un champion lui aussi ?

Son père lui manque. C'est comme un trou noir que rien ne peut combler, et qui descend au plus profond de lui-même.

DANS LA FORÊT

Dans la maison du bord de l'eau, les quatre garçons ont plié leur uniforme et rangé soigneusement leurs affaires de classe. Les grandes vacances commencent ce matin. Takéji a pris le car pour Tokyo où a lieu un rassemblement inter-régional de judo. Il va habiter chez l'oncle Yukio. Tadao ne le reverra pas des vacances. Avant de partir, il a prêté un livre à Tadao. Un ouvrage dédicacé par le grand Yamashita, plein de photos des plus grands judokas japonais. Tadao, religieusement, l'a déposé sur la table de travail, et s'est plongé dedans. Sa tante n'a pas tardé à le déranger pour lui demander du petit bois.

En le regardant sortir, Isao n'a pas manqué de se moquer de lui :

– Allez, Tadao le champion lançon... Va réviser tes prises dans la forêt. Tu vas bien faire rire les écureuils !

Tadao hausse les épaules puis sourit quand tante Ikuko tend deux seaux à Isao.

– Plutôt que de dire des bêtises, va donc à la source !

Tadao shoote dans les petits cailloux du sentier.

– Il verra quand je serai ceinture noire ! Il verra si je ferai encore rire les écureuils ! marmonne-t-il.

Du haut de la falaise, Tadao regarde le soleil qui se découpe derrière l'île de Tomiuka. Un vol de frégates plonge dans le halo de lumière. Son panier sur le dos, il s'en va faire provision de brindilles pour allumer le feu. Bien que tante Ikuko possède une gazinière presque neuve, elle aime cuisiner sur le feu de bois de l'âtre « itori », comme le faisait sa mère avant elle.

Ce que Tadao préfère ramasser, ce sont les aiguilles et les branchettes de pins. Elles brûlent facilement avec des flammes généreuses qui dispensent un doux parfum de résine. Il a son coin dans la montagne, au-dessus du sentier de chèvres, près de l'ancien sanctuaire shinto. C'est là que les arbres sont les plus hauts. Le sol y forme un épais tapis où l'on marche sans bruit. C'est le royaume du silence.

Tadao aime à penser qu'il est le seul à connaître l'endroit. C'est son jardin secret. En quittant le sentier sur sa gauche, il jette un coup d'œil en arrière. Personne ne le suit. Les grands pins tordent leurs branches au-dessus de lui. Tadao ne marche pas comme d'habitude... le cours de judo lui a laissé de mauvais souvenirs : des courbatures terribles dans les cuisses et dans les bras ! Mais ce n'est rien, et ça ne l'empêche pas de rêver à la rentrée prochaine. Cependant, Tadao aimerait profiter des vacances pour faire de sérieux progrès. Il lui faudrait trouver un moyen de s'entraîner efficacement... Il s'arrête, et frappe dans ses mains pour attirer l'attention des dieux. Peut-être la Montagne[1] lui viendra-t-elle en aide ? Son geste a réveillé un couple de pigeons. Les oiseaux abandonnent subitement leur nid en roucoulant. Les voilà qui montent tout droit vers le ciel. Les dieux sont avec lui !

Dans la pénombre du sous-bois se découpe l'ancien sanctuaire shinto. C'est une grotte naturelle où règne une agréable fraîcheur. Une source limpide et bouillonnante jaillit près de l'entrée.

Devant la grotte, Tadao retire sa chemise et la pose sur la pierre destinée aux offrandes. Il va pouvoir se mettre au travail ! Au pied des grands arbres, il ramasse les aiguilles de pins par poignées. Il les choisit bien sèches, craquantes. Avec, il confectionne de petits paquets qu'il dispose en tas au fond de son panier. Ensuite, il part à la recherche de branchettes, parcourant le bois de long en large.

1. Dans la religion shinto, la Montagne est considérée comme une divinité, ou comme un lieu abritant des divinités.

Certaines branches sont trop grosses ; d'autres, recouvertes de lichens, ne conviennent pas.

En chemin, il ramasse des pommes de pins, les plus rondes et les plus dures, à la taille de la main. Il les lance de toutes ses forces vers le ciel. Elles retombent dans un bruit de crécelle.

De retour près de la grotte, Tadao avise un tronc noirci par l'humidité. À vue de nez, il doit bien faire cinquante kilos. Cinquante kilos ! Takéji pourrait le porter sans problème, c'est sûr. Mais lui, Tadao... Est-il seulement capable de le soulever ?

Il inspecte dans tous les sens le pin renversé par la foudre. Puis il se place à califourchon sur la base du tronc. Il se frotte les mains et murmure :

– Je t'aurai ! Tu vas voir que je suis assez fort.

Il s'accroupit, saisit son adversaire à bras le corps et, malgré ses courbatures, pousse sur ses pieds comme un forcené.

– Mmmmmmmh !

Le sang lui monte à la tête. La marque de l'écorce se grave profondément sur la peau de ses mains. Une douleur aiguë le saisit aux reins. Mais le monstre ne daigne pas bouger !

Tadao se relève en maugréant. Il souffle sur ses doigts endoloris et se jette une seconde fois sur le tronc. Cette fois, il est bien décidé à le remuer, ne serait-ce que de quelques centimètres. Sa nouvelle arme : le kiai... Il pousse un hurlement terrifiant et retombe assis, les fesses enfoncées dans le tapis d'aiguilles. L'arbre n'a pas bougé. Un froissement, suivi d'une petite voix, ramène Tadao à la réalité.

– Tadao... tu t'es fait mal ?

Il se retourne. Devant l'entrée de la grotte, une fille de son âge le regarde avec des yeux ronds. C'est Ryoko. Aussi surpris qu'elle, Tadao reste un moment paralysé. Ryoko ! Une bouffée de chaleur lui monte le long du cou. D'un bond, il se relève. Il époussette son pantalon et demande en bégayant...

– Que... que fais-tu... dans... dans le bois ?

La question semble surprendre Ryoko.

– Ben... je ramassais des aiguilles, comme toi ! Et puis j'ai entendu un grand cri, alors je suis venue en courant.

– C'est... ce n'est rien du tout. Je suis tombé sur ce tronc, en reculant. Je me suis fait un peu mal, mais maintenant, c'est passé.

Tadao n'aime pas le mensonge. Il est terriblement gêné. En plus, Ryoko est si jolie ! Ses cheveux longs soigneusement peignés encadrent un visage espiègle et candide à la fois. Ce n'est pas étonnant que tous les garçons soient amoureux d'elle ! D'ailleurs, lui aussi ressent quelque chose de bizarre, comme un point du côté du cœur. Si c'est un cadeau des dieux, ils auraient pu choisir un autre moment. Ce matin, Tadao a plutôt l'impression de ressembler à un épouvantail. Que va-t-elle penser de lui ?

À l'entrée de la grotte, Tadao récupère sa chemise. Il l'enfile en vitesse. Ryoko s'est assise sur une roche, près de la source. Elle plonge ses doigts dans l'eau pure...

– C'est vrai que tu fais du judo ?

– Comment le sais-tu ? s'étonne Tadao en replaçant sa hotte sur le dos...

– C'est Noro san qui l'a dit à mon grand-père.

– Et alors ?

– Grand-père veut te montrer des vieilles photos de judo…

Sur le sentier, le bruit d'une moto qui pétarade interrompt Ryoko.

– Justement, c'est lui qui vient me chercher, Tadao… Je vais lui dire que tu passeras demain, d'accord ?

– D'accord ! s'entend répondre Tadao en écho.

Et Ryoko disparaît en courant sans que Tadao ait eu le temps de réagir.

Tadao se retrouve seul, dans le calme de la forêt. Il hoche la tête. Lui qui voulait s'entraîner pour faire des progrès… Eh bien, il est servi. Voilà déjà une épreuve pour le deuxième jour des vacances : affronter le directeur de l'école. Il n'a guère le choix. Si demain il ne se rend pas au rendez-vous de Ryoko, il passera pour un poltron, un garçon qui n'a pas de parole. Il n'a pas envie de se rendre chez cet homme qui a la réputation d'être sévère. Pourtant, la perspective de découvrir de vieilles photos de judo ne le laisse pas indifférent.

LE MAÎTRE

Après les corvées du matin, Tadao se passe le visage sous l'eau. Il lisse ses cheveux noirs en arrière et enfile ses vêtements propres.

– Tante Ikuko... annonce-t-il. Je suis attendu chez le directeur de l'école. Il doit me parler de judo !

– Ce n'est pas une mauvaise idée... Au moins, je saurai où tu te trouves !

Tetsuya le regarde partir, l'air surpris. Les jumeaux ne comprennent pas l'attirance de Tadao pour le judo. Eux préfèrent jouer au ballon ou courir sur la plage.

La famille de Ryoko habite une vaste maison ancienne au toit de chaume, aux murs de colombages et de torchis, dont la beauté tranche avec les murs de béton et le toit de tuiles grises de l'école récemment reconstruite.

Ryoko vit avec sa mère, sa grand-mère, et son grand-père, le directeur de l'école. Son père, professeur dans un lycée de Tokyo, donne des cours dans une école complémentaire pendant les grandes vacances. Tout autour de la maison s'étend un jardin sauvage où poussent des brassées de marguerites. Par une porte entrouverte, Tadao aperçoit le directeur. Un frisson lui parcourt le dos. Quelle idée bizarre de se rendre à l'école au début du mois de juillet ! Il s'arrête, hésitant à s'en retourner. Mais déjà, le directeur lui fait signe d'avancer…

– Ah, Tadao ! C'est gentil à toi d'être venu. Avance, je t'en prie…

L'homme a le visage sec. Il n'a plus beaucoup de cheveux, et ceux qui lui restent sont plus blancs que la soie. De petites lunettes rondes d'écaille foncée confirment son air sévère. Il porte un large kimono noir serré à la taille par une ceinture blanche. Il invite Tadao à venir s'asseoir sur une marche pour profiter de la douce tiédeur du soleil.

– Alors, mon garçon... Noro san m'a parlé de toi l'autre jour quand il est venu livrer son poisson. Et Ryoko m'a appris que tu voulais devenir un champion ? Elle m'a dit également que tu aimerais voir mes photos...

Tadao soupire, les yeux fixés sur la pointe de ses pieds. Le directeur reprend...

– Attends !

Il disparaît derrière une cloison et revient rapidement avec un vieil album de cuir.

– Je le conserve précieusement. Toute ma jeunesse est enfermée là-dedans.

Un sourire se dessine sur ses lèvres, accentuant les rides de son visage. Déjà, Tadao le trouve plus sympathique. Le directeur s'installe près de lui. Il tourne les pages avec lenteur. Une odeur de cire et de poussière se dégage du livre.

– Là, c'était une de mes premières grandes compétitions. Un des meilleurs souvenirs de ma vie de judoka ! Ce jour-là, les combats ne duraient pas moins de dix minutes. Autant te dire que nous étions tous vite épuisés. Mon adversaire, que tu vois de dos, était un véritable champion, bien plus fort que moi ! C'était un grand gaillard du dojo de Kobé. Je ne me souviens plus de son nom. Mais son professeur, Motokasu senseï, entraînait surtout ses élèves aux techniques de jambes. Je le savais ! Alors, pendant près de huit minutes, j'ai réussi à esquiver balayages et fauchages. Je dois avouer que j'ai failli être projeté plus d'une fois. Ce combattant était un expert du ko soto gari[1]! Mais lui aussi se fatiguait. Je le sentais à ses bras qui devenaient un peu plus lourds sur mon kimono. Et puis, je remarquais également qu'il perdait de l'assurance. À un moment, il m'a regardé dans les yeux, cherchant sans doute à y deviner mon point faible ou peut-être mes intentions. C'est alors que mon mouvement est parti… tout seul, comme

1. Ko soto gari : petit fauchage extérieur.

une explosion… du véritable judo ! Sen no sen[1], la contre-attaque parfaite. Je m'étais jeté en arrière en tomoe nage[2]… son corps est passé à la verticale au-dessus de moi. Encore aujourd'hui, quand je repasse ces images dans ma tête, l'action se déroule avec autant de pureté et d'harmonie que ce jour-là !

Les yeux rivés sur les photographies jaunies par le temps, Tadao écoute, captivé, les explications du directeur…

– Et celle-là… C'était au tournoi universitaire. Tu vois, l'arbitre, au milieu ? C'était Mifune Kyuzo senseï. Ce nom te dit quelque chose ?

Tadao se penche sur l'album. Ce petit bonhomme qui n'a l'air de rien lui est totalement inconnu.

– Pourtant, reprend le directeur, chacun devrait connaître son nom ! C'était un homme exceptionnel, une légende vivante, presque un kami, tu sais ! Jusqu'à la fin de sa vie, Mifune Kyuzo n'a jamais connu d'adversaire de sa

1. Sen no sen : initiative déclenchée en même temps que l'attaque adverse.
2. Tomoe nage : projection «sacrifice» en roue («sutemi»). C'est la fameuse «planchette japonaise».

trempe. Et... malgré ses cinquante kilos, Tadao, personne ne l'a jamais projeté, personne !

– Moi, je ne pèse que trente-quatre kilos, directeur...

– Qui te parle de devenir aussi fort que lui, Tadao ? N'oublie pas qu'il était dixième dan !

Les yeux de Tadao sont devenus plus ronds que des billes.

– Et vous, directeur, étiez-vous fort, avant ?

– Oui, Tadao. J'étais moi-même champion de notre région.

– Mais vous avez arrêté de faire du judo ?

– Non, Tadao... Quand on est judoka, c'est pour la vie. Et si je ne m'entraîne plus autant qu'avant, je continue malgré tout à pratiquer des exercices d'arts martiaux. Je travaille le sabre presque tous les jours ! J'aime enfiler mon kimono de judo. C'est un vêtement lourd et rêche, pourtant, je me sens si bien dedans ! Tu sais, Tadao, si je te raconte tout ça, c'est parce que j'ai bien connu ton père. C'était un ami, et je suis sûr qu'il aurait aimé te voir devenir judoka !

Le directeur semble hésiter, puis il reprend à voix basse :

– Le soir, en rentrant à la maison, ton père et moi, nous nous arrêtions dans la forêt de pins pour y travailler notre tokui waza[1], une technique que nous avions mise au point et qui marchait chaque fois... Ton père recherchait toujours la perfection. C'était un véritable modèle ! Il lui arrivait d'être très dur avec nous. Il était mon kohaï et pourtant il corrigeait sans cesse mes techniques. Soit il ne les trouvait pas assez belles pour les katas[2], soit il ne les trouvait pas assez efficaces pour les compétitions. Et toi, Tadao... tu te souviens de lui ?

– Oh oui, directeur ! ...

– Ton père aimait l'océan. Il restait parfois assis des heures sur le port, face à la vague, abandonné à je ne sais quelle rêverie. C'était un homme exceptionnel, cramponné à son métier de marin autant qu'à son judo. Et c'est la mer qui l'a emporté !

1. Tokui waza : technique spéciale.
2. Kata : enchaînement de techniques dans un ordre imposé.

Un bruissement l'interrompt. C'est Ryoko. En levant les yeux sur elle, Tadao sent un trouble l'envahir, un sentiment nouveau, très fort. Il se lève et se penche pour la saluer. Elle s'approche de son grand-père et lui souffle à l'oreille...

– Grand-père, montre-lui ton armure !

Le directeur referme l'album et demande à Tadao, en fronçant les sourcils pour se donner l'air le plus sérieux du monde :

– Tadao... veux-tu devenir samouraï ?

La question le met dans l'embarras. Tadao cherche une réponse sur le visage de Ryoko. En voyant son air surpris, elle éclate de rire.

– Tadao samouraï ! Ah, ah, ah !

– Suis-moi, reprend le directeur. Je vais te montrer mes trésors.

Ils traversent la pièce principale. Au centre de la salle, agenouillées devant l'âtre, la mère et la grand-mère de Ryoko attisent les flammes tout en discutant. Dans la grande marmite noire pendue à la crémaillère, bouillonne une soupe de poisson.

– Que les dieux du feu et de la maison te protègent, mon garçon ! murmure la grand-mère.

Le directeur entraîne les enfants dans son bureau. C'est une petite pièce dans le fond de la maison, où sont entassées mille vieilles choses. Des objets de tous les âges. Des gravures d'une autre époque comme on n'en voit plus guère que dans les musées, et qui représentent des guerriers en pleine action. On dirait qu'ils se battent contre la poussière. Sur son bureau de bois patiné, une pile de cahiers attend sagement la rentrée des classes.

Le directeur ouvre un tiroir, en sort une clef de bronze qu'il introduit dans la serrure d'une armoire. La porte s'ouvre en grinçant. Tadao s'approche. Il écarquille les paupières. Un rayon de lumière illumine soudain le casque terrifiant d'un samouraï. Tadao ne peut retenir un « Oh ! » d'admiration. Ce casque, véritable joyau, porte un masque dont les yeux noirs et profonds semblent le défier, arrogants. Le directeur le saisit et l'essuie délicatement avec un chiffon de soie.

– Mon grand-père était samouraï,

Tadao. Il m'a offert son armure avant de mourir.

– Elle doit être ancienne !

– Elle a presque 300 ans…

Un silence ponctue ces mots. Puis il reprend…

– Il faut que je travaille, maintenant. Reviens demain et nous reparlerons de judo !

Tadao marche à pas lents sur la digue. Dans son esprit se mélangent les images. Celle de Ryoko, souriante, tellement jolie dans son kimono rouge. Celle de sa mère, de sa grand-mère, enveloppées dans des vapeurs de poisson bouillonnant. Celle du directeur et toutes ses photos de judo. Dans la maison de Ryoko, Tadao a eu l'impression de retrouver la même chaleur que chez lui, là-bas, sur l'île de Tomiuka. Il jette un regard à l'horizon. Un vent coulis lui pince le nez et lui arrache une larme.

L'ESPRIT DU SABRE

Le soleil se lève dans un épais rideau de nuages pourpres. Tadao se presse vers son rendez-vous. Sa nuit a été peuplée de rêves étranges. Il s'est endormi sur le livre de Takéji, l'esprit empli des images de judokas.

Une foule de questions se bousculent dans son esprit. Il aimerait tellement connaître le tokui waza du directeur. Et s'il devenait champion grâce à cela ?

Le temps d'arriver près de l'école, le vent de terre a poussé les nuages vers le large. Le directeur l'attend. Il se lève, et salue Tadao.

– Viens, nous allons marcher…

Leurs pas les entraînent vers la forêt. À travers les hautes branches, la douce lumière matinale pétille dans les aiguilles de pins. Il fait frais. Tadao frissonne. Le directeur ne lui parle pas aussitôt de judo. Il lui montre la beauté de la nature. Il lui raconte l'école, sa famille, la vie passionnante de ses ancêtres samouraïs.

– Mon grand-père était devenu un des plus grands maîtres de sabre de tout le Japon. Quand j'avais ton âge, j'avais beaucoup d'admiration pour lui. Souvent, il me répétait : « Lorsque tu frappes, n'oublie pas que c'est toute ta vie qui part dans le coup. L'esprit est à la pointe du sabre ! » J'ai commencé à comprendre ces mots-là quand je suis devenu ceinture noire…

Le directeur s'arrête, cueille une fleur aux pétales roses et la porte à ses narines d'un geste lent, mesuré. En le regardant, Tadao pense à certains danseurs aux mouvements souples et harmonieux.

– Directeur, c'était quoi votre technique spéciale ?

Le directeur hoche la tête et sourit.

– Je te trouve bien pressé, Tadao. Sais-tu qu'un bon judoka n'est jamais impatient ? Pour devenir un champion, il faut d'abord projeter et être projeté des dizaines de milliers de fois ! Il faut travailler, travailler encore, suer à grosses gouttes avec ses partenaires. Il te reste beaucoup à apprendre !

Tadao baisse les yeux. Le directeur tient les mêmes propos que le cousin Takéji. Il fronce les sourcils, sérieux, et prend Tadao par l'épaule. Son kimono de soie respire un parfum d'encens. Il tend l'index vers un vaste promontoire rocheux qui domine la mer.

– Tu vois, là-bas, les pins centenaires ? C'est ici que nous venions nous entraîner, ton père et moi. Il nous arrivait de répéter notre fameuse technique des heures entières. Pendant les championnats, nous étions capables de la placer sur n'importe quel adversaire, et dans n'importe quelle situation ! Je me souviens d'un combat qui nous a opposés. Nous avions tous deux oublié que nous étions amis. Mais nous avons fini iki wake[1]!

1. Iki wake : ex aequo.

L'endroit est recouvert d'une pelouse rase où pousse, en petit tapis, une mousse luisante de soleil. Le directeur s'assied et caresse l'herbe.

– C'est l'idéal pour faire des chutes... Tu ne trouves pas ?

Il lance un clin d'œil à Tadao. Encouragé par ce regard, Tadao s'écrie :

– Directeur, je veux devenir judoka. J'aimerais faire des progrès cet été. J'ai besoin de conseils...

– Pourquoi pas... Si tu promets de t'entraîner sérieusement. Mais il ne faut pas brûler les étapes. Avant de te montrer mon tokui waza, je veux bien t'enseigner les bases du judo. Je t'attendrai ici demain, à la même heure. N'oublie pas ton kimono !

Tadao le regarde s'éloigner. Il redescend le sentier avec l'agilité d'une chèvre. Tadao, lui, prend le chemin de la plage. Il a envie de faire partager sa joie.

Assis sur le sable, Noro san attend la marée. Sa pipe de bambou enfournée dans la bouche crache une épaisse fumée bleuâtre qu'emporte le vent. Le vieil homme rêve aux poissons que va lui offrir Ebisu, le dieu des pêcheurs... Les bouées de son filet se dandinent dans le creux des vagues.

– Noro san ! Noro san !

Noro san détache son regard de l'océan. Un sourire adoucit ses traits.

– Eh bien, Tadao. Tu cries tellement fort que les poissons vont s'envoler !

– Je... je vais apprendre avec le directeur, Noro san !

– Tu vas apprendre quoi ?

– Le judo ! Et il me montrera sûrement son mouvement secret !

– Son tokui wasa ? Alors, ce ne sera plus un secret, ajoute Noro san, l'air moqueur.

Tadao hoche la tête en souriant.

– Aide-moi plutôt à remonter mon filet !

Tadao est fier, car en échange de son aide, Noro san lui a donné une raie. Une belle pièce que tante Ikuko ne manque pas de cuisiner avec soin.

Le soir approche. Dans la maison du bord de l'eau, Tadao décrit sa rencontre avec le directeur. Pour une fois, Isao et Tetsuya l'écoutent. Tante Ikuko remplit les bols de soupe. Elle sourit...

LE RENDEZ-VOUS

Le lendemain, Tadao se lève dès le chant du coq. Il s'habille rapidement et s'apprête à sortir de la maison. Mais le crissement du plancher sous ses pas réveille tante Ikuko. Elle se retourne sur son futon et l'interpelle…

– Tadao ! Avant de partir sur la montagne, tu iras me chercher de l'eau.

Interloqué, Tadao hésite à répondre. Mais il sait qu'il ne faut pas désobéir à sa tante. La rage au cœur, il jette un coup de poing en l'air puis ramasse en grognant les deux seaux qui traînent devant la porte. Il bondit vers le sentier de la source. Ce matin, il s'était promis d'être le premier au rendez-vous. Maintenant, il prie pour ne pas arriver trop tard.

En courant avec ses seaux, il glisse sur l'herbe humide de rosée. Il trébuche sur les pierres du chemin. Il manque dix fois de tomber.

Les paroles de Takéji lui reviennent à l'esprit… « Apprends la patience, Tadao. Apprends la patience ! » Tadao sourit : les dieux le mettent à l'épreuve.

Au pied d'un vieux cerisier jaillit la cascade qui alimente le village. C'est l'eau que les femmes utilisent pour faire la cuisine. Tadao s'en asperge le visage pour se rafraîchir. L'eau sort d'un rocher recouvert de lichens, à l'ombre de l'arbre aux racines protectrices. Une araignée a tissé sa toile au-dessus du gargouillis. Les moucherons viennent s'y empêtrer. Les seaux se remplissent un à un dans un tourbillon de bulles.

Sur le chemin du retour, Tadao traîne les pieds avec prudence pour éviter de glisser. Les seaux sont lourds. Il devrait répéter l'opération tous les jours, ce serait une bonne manière de se muscler tout en rendant service à sa tante. En attendant, il se lèvera encore plus tôt demain matin…

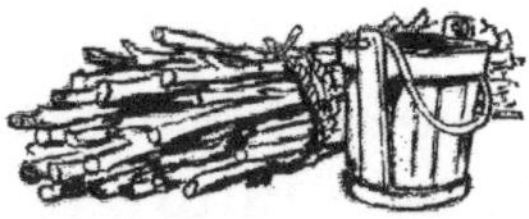

Le vent de marée souffle par bourrasques. Le ciel est chargé de nuages. Dans la forêt de pins coule encore la pénombre. Sur le promontoire, le directeur est déjà là. Il est vêtu d'un kimono de judo râpé au col, usé par les combats.

– Je suis en retard, directeur ?

– Mais non, Tadao. Nous venons juste d'arriver !

De derrière un arbre surgit une tête ronde.

– Ryoko ?

– Ne sois pas surpris, Tadao. Ryoko va te servir de partenaire. Elle connaît un peu le judo. Avec elle, tu vas faire beaucoup de progrès !

Le mot progrès cabriole dans l'esprit de Tadao. Il salue Ryoko, mais déjà, le directeur a commencé ses explications.

– Vous allez vous échauffer en travaillant au sol. Ryoko, tu vas t'allonger sur le ventre et toi, Tadao, tu vas chercher par tous les moyens à la retourner sur le dos.

– Je dois résister, grand-père ?

– Bien sûr… Hajime !

Tadao tire, pousse, contourne sa partenaire, saisit la ceinture pour la soulever… mais ses gestes sont désordonnés, et Ryoko reprend chaque fois ses appuis. Elle est comme collée au sol. Tadao se redresse, rageur. Il doit quand même bien y avoir un moyen !

– Utilise tes bras intelligemment, Tadao. Il faut trouver une astuce pour la faire rouler sur le dos ! Regarde…

Le directeur s'agenouille sur le côté droit de Ryoko. Il passe son bras gauche sous son aisselle droite, il saisit la ceinture blanche en blocage, et bascule Ryoko en la poussant énergiquement.

– Tu vois, mon garçon, c'est une question de logique. Il faut adapter ta réaction à la situation.

Chutes arrière, avant, latérales, taï sabaki, uchi komi… Les exercices se succèdent à vive allure. Tadao, cheveux en bataille, prend goût à l'effort et se dépense avec courage. Ryoko s'applique sous l'œil attentif de son grand-père, se donnant à fond dans ses gestes. Ni l'un ni l'autre ne voient le temps s'écouler. La fatigue et la sueur les laissent exténués. La leçon est terminée. Tadao salue respectueusement le directeur et Ryoko. Ses yeux brillent.

– À demain, Tadao... Même heure et même endroit !

Tadao reste encore un instant, seul, sur le promontoire moussu. Il devine le visage souriant de son père au-dessus des flots.

Les jours suivants, l'entraînement se complique et s'intensifie. Tadao et Ryoko s'habituent vite l'un à l'autre. Au-delà de l'amitié, la confiance s'établit entre eux.

Chaque soir, en rentrant à la maison du bord de l'eau, Tadao s'installe sur son futon et ouvre le grand livre de Takéji... Il y découvre, en images, les techniques que le directeur leur a montrées le matin même...

La lune est haute dans le ciel. Une nuée de moustiques s'est abattue sur le village d'Haniwa. Isao et Tetsuya dorment à poings fermés. Tante Ikuko est encore occupée à la cuisine. La lueur dansante du feu de bois anime les cloisons qui séparent les pièces. Tadao a retrouvé dans le livre de Takéji le difficile mouvement que le directeur leur a fait travailler ce matin : haraï goshi[1]. Sous la série de photos prises au ras des tatamis, il lit :

«En 1986, à la finale du championnat national du Japon, Kawasaki porte victorieusement son spécial : haraï goshi à gauche. C'est une très belle technique qui démontre une fois de plus les qualités de combattant de ce judoka de haut niveau. Jamais, au cours de ses rencontres, son esprit ne se relâche. Kawasaki fait preuve d'une concentration sans faille, provenant d'une rare force intérieure. L'adversaire est irrésistiblement entraîné dans le déséquilibre par ce valeureux tacticien. »

1. Haraï goshi : balayage de la hanche.

Le bourdonnement des moustiques se mêle au souffle profond de la mer et du vent. L'orage gronde dans le lointain. Les paupières de Tadao se referment. Sa main se pose sur la couverture de papier glacé. Ses doigts assoupis découvrent la photo de deux judokas au mouvement figé dans l'espace et le temps.

LA TECHNIQUE DE L'ANGUILLE

Cette nuit, la tempête a fait rage. L'océan déchaîné a déposé sur la plage de petits monticules de corail rose pulvérisé. Le ciel d'un bleu très pâle semble lavé. Un léger vent frais balaie la crête des vagues.

– Demain matin, tu iras travailler pour Noro san, Tadao !

– Et le judo, ma tante ?

– Tu n'as qu'à prévenir le directeur que tu ne seras pas libre.

Tadao sort en bougonnant. Sur le

chemin, il repasse en mémoire le mouvement appris la veille. Dans sa tête, il décompose les gestes, mais au moment de chuter, il a toujours une petite hésitation, et les paroles de Takéji chantent à ses oreilles… « Tu as peur, Tadao… » Plongé dans ses pensées, Tadao remarque que ses pas l'ont entraîné sur le promontoire rocheux. D'instinct, il se jette en roulade avant sur le tapis herbeux. Ses chutes sont devenues presque parfaites. Takéji sera peut-être fier de lui. Il se redresse, face à la mer.

Un vol de mouettes se laisse porter par un courant ascendant. Leurs ailes, immobiles, tracent des signes furtifs au-dessus de la falaise. Tadao s'agenouille. Il ajuste sa ceinture. Il se sent bien. Il a l'impression que son kimono de judo fait de lui un être différent. Il éprouve un étrange sentiment de fierté.

– Alors, Tadao, tu profites du soleil ?

– Bonjour, directeur. Bonjour, Ryoko !

Le soleil monte dans le ciel. Il fait briller les petites lunettes du directeur.

– Asseyez-vous, les enfants…

Ryoko s'installe à l'ombre d'une branche. Tadao la rejoint. Le directeur se racle la gorge. Il prend son air le plus sérieux, les mains jointes comme pour faire une prière.

– Je pense que le moment est venu de vous montrer mon tokui waza. Vous en savez suffisamment pour en comprendre l'exécution. Ce secret, Tadao, je te le révèle parce que c'est avec ton père que je l'ai partagé. C'est un peu l'héritage qui te revient. Mais avant que cette technique devienne efficace, il faudra bien sûr la travailler sans relâche.

– Ce sera mon tokui waza, directeur ?

– Pas forcément, Tadao. Tu te découvriras peut-être une autre technique préférée. Mais il y a de fortes chances pour que celle-ci te convienne ! Vous vous souvenez de morote seoi nage[1] ?

Le directeur marque une pause. Le silence rend l'instant solennel. Puis il pointe l'index vers le ciel, attirant l'attention de ses deux élèves.

– Bien entendu... tous les judokas du monde connaissent parfaitement morote seoi nage. Mais ton père et moi, Tadao,

1. Morote seoi nage : projection d'épaule par les deux mains.

nous y avons ajouté notre touche personnelle. Nous en avons fait un mouvement presque imparable... une technique particulièrement efficace pour les judokas de petite taille, capables de se glisser très vite sous l'adversaire, comme une anguille. Toi-même, Tadao, ne t'appelle-t-on pas le lançon ?

Tadao baisse les yeux. Même le directeur connaît ce sobriquet ! Et Ryoko, que va-t-elle penser de lui ? Il lui lance un rapide coup d'œil, mais elle ne manifeste aucun étonnement. Elle écoute son grand-père avec intérêt.

– Tu es un lançon, Tadao... une petite anguille ! Et c'est là ta supériorité, mon garçon. Pour la technique que je vais t'enseigner, il faudra te jeter sans hésitation entre les jambes de ton adversaire pour le basculer ensuite par-dessus ton épaule. Ton père aussi était petit, Tadao. Mais quand il combattait, il paraissait immense !

– Pour se jeter sous l'adversaire, il ne faut pas avoir peur, directeur !

– C'est vrai... La peur paralyse, Tadao. Elle peut t'empêcher de devenir un bon judoka.

Pieds nus dans l'herbe tendre, Tadao répète lentement l'ébauche de la projection.

– Sois plus spontané, Tadao ! Dès que Ryoko se trouve en déséquilibre, il faut plonger ! Plonger sans réfléchir !

– Je n'y arrive pas, directeur !

– Tu n'y arrives pas parce que tu as encore besoin de penser à ce que tu fais. Continue, Tadao. Et surtout, ne te décourage pas !

Le soleil tremblant disparaît dans les nuages. Le directeur ajuste ses lunettes de myope. Un imperceptible sourire se dessine sur ses lèvres. Le taï sabaki[1] de Tadao devient plus naturel, ses mouvements plus en rondeur. Peu à peu, le corps et l'esprit ne font qu'un.

Deux fois de suite, dans un mouvement tout en souplesse, Ryoko déséquilibre Tadao qui ne peut résister. Le directeur sourit, il est fier des progrès de sa petite-fille.

1. Taï sabaki : déplacements.

Vidé de ses forces, Tadao retourne au village à pas lents. Demain donc, pas de judo. Mais ce n'est pas si grave, car Ryoko et le directeur se rendent à Tokyo pour quelques jours. Après le travail, Tadao s'entraînera seul dans la forêt. En attachant sa ceinture autour d'un arbre, il pourra réviser le morote seoi nage du directeur.

Son secret, également : se déplacer dans un mouvement très ample pour déséquilibrer l'adversaire, et s'accroupir pour le faire basculer comme pardessus une barrière.

Tadao a la sensation de bien comprendre le déroulement de cette projection. Mais il se rend compte en même temps qu'il n'est qu'au début du chemin et qu'il lui faudra encore beaucoup de travail pour l'exécuter parfaitement.

Les parfums de la forêt sont plus grisants que d'habitude. La résine suinte de certains arbres, et les abeilles emplissent le sous-bois de leur vrombissement. Tadao songe aux étés sur l'île de Tomiuka. Là-bas, le vent qui souffle en permanence assèche la végétation. Là-bas, les pierres du sentier roulent sous

les pieds. Et aujourd'hui, les gros lézards verts doivent sûrement s'y dorer au soleil.

Noro san habite une petite maison en retrait du village. Dans la pièce unique s'entasse pêle-mêle son matériel de pêche... Filets, bouées, casiers, balances rognent l'espace minuscule qui lui reste pour vivre. Une gazinière de fortune trône sur un meuble couvert de mille objets : aiguilles, bobines de fil de toutes les couleurs, pipes, pots à tabac, à thé, céramiques...

Entre les deux poteaux principaux, Noro san a tendu une corde où sèchent des poissons.

– Noro san ?

– Entre, mon garçon !

Assis sur une caisse, Noro san est en train de confectionner de ses mains habiles un solide balai. Il redresse la tête en souriant.

– Je savais que le directeur se rendait à Tokyo pour quelque temps, Tadao.

C'est pour ça que je n'ai pas hésité à te faire venir !

– Il y a beaucoup de travail, Noro san ?

– Mmmmh… grogne le vieux pêcheur en secouant la tête. La dernière tempête a entraîné mes filets contre les récifs. Il y a eu des dégâts. Et en plus, la mer ne m'a pas donné un seul poisson !

Tadao s'assied près de lui, un filet percé sur les genoux.

– Et si nous parlions de judo, Tadao ? C'est un art qui semble te plaire ?

– Oh oui, Noro san !

– Alors, tu fais des progrès ?

– Je crois… Mais je ne me sens pas encore prêt pour gagner un combat… et…

– Et ?

– C'est que je suis mauvais perdant, Noro san !

Noro san pose son balai en travers de ses cuisses. Il ravive la braise de son brûle-gueule…

– Gagner ou perdre… Tu sais, Tadao… quand on combat et qu'on y met tout son cœur, ce n'est jamais facile d'accepter une défaite. Et pourtant, perdre un combat, une compétition qu'on avait bien préparés, ça permet de progresser. Car si tu es capable de reconnaître tes erreurs et tes faiblesses, tu peux ensuite te corriger ! Ton père disait que pour un bon judoka, la défaite ressemblait à s'y méprendre à une victoire...

Noro san se lève, prend sur la table une boîte remplie d'aiguilles et de fil. Il s'assied près de Tadao pour lui enseigner les gestes du ramendeur...

LE COMBAT AVEC L'ARBRE

Cet après-midi, tante Ikuko est partie travailler aux champs avec les autres femmes du village. Après le bain, Tadao s'est plongé de nouveau dans le livre que lui a prêté Takéji. Le dernier chapitre est consacré à des explications techniques. Les plus grands champions du Japon exécutent leur prise préférée devant l'appareil photo qui a décomposé le mouvement image par image, comme dans un film. Tadao s'imprègne des techniques. Il referme le livre et se lève prestement. Son kimono sous le bras, il quitte la maison du bord de l'eau. Ses pas l'entraînent dans la forêt, dans ce lieu magique qu'il aime tant.

Au passage de la source, Tadao s'agenouille pour se rafraîchir le visage. Une nuée de papillons jaunes l'enveloppe.

Le toit du dojo apparaît entre les gerbes épaisses des aiguilles de pins. Tendues en travers de l'entrée, de larges nattes de paille tressée protègent les tatamis. Tadao s'approche lentement du dojo. Il écarte une natte. La fraîcheur et la pénombre accentuent l'impression de paix et d'éternité qui se dégage des lieux. Il frissonne, étreint par une intense émotion.

Tadao enroule sa ceinture autour du tronc d'un jeune cyprès « kinoki ». Un bout de la ceinture dans chaque main, il se place face à l'arbre, imaginant que c'est son partenaire. Il répète ainsi lentement l'entrée de la technique spéciale, tout en se remémorant les propos du directeur : « Il faudra te jeter sans hésitation entre les jambes de ton adversaire, et le faire basculer ensuite par-dessus ton épaule… » Les bras commencent bientôt à lui manquer. Mais Tadao ne veut pas abandonner. Il veut devenir meilleur, devenir le meilleur. Ses mains crispées s'ankylosent, ses épaules tremblent. Il faut continuer, jusqu'à ce que le déplacement soit machinal. Le front trempé de sueur, il ajuste sa respiration au rythme de son travail. Dans sa tête, il compte ses entrées... 60...61...62... Il n'en a jamais fait autant ! L'air lui paraît suffocant. Les odeurs et les bruits de la forêt l'emplissent tout entier. Étrange communion avec la nature.

Toute la semaine, Tadao s'entraîne avec acharnement contre son arbre. Chaque jour, sa technique s'améliore, ses gestes deviennent plus instinctifs. Il maîtrise peu à peu son souffle et se fatigue de moins en moins.

Demain, le directeur et Ryoko reviennent de Tokyo. Les leçons vont reprendre. Tadao monte le sentier qui mène au sanctuaire. Une idée l'obsède depuis quelques jours... Et maintenant, serait-il capable de soulever la vieille souche de pin ?

Les branches sèches craquent sous ses pas. Le gargouillis du torrent fait chanter la forêt. Curieuses, les libellules poursuivent les insectes en vol, inspectent les feuilles de roseau susuki où se cachent leurs proies. À quelques pas de la grotte, Tadao retrouve son fameux adversaire... Le tronc lui paraît encore plus impressionnant que la dernière fois. Tadao se retourne. Il sent comme une présence invisible près de lui. Il inspecte les alentours... Personne. Il se déshabille en hâte, enfile son kimono. Le vêtement de judo lui donnera peut-être un peu plus de force ! Avec ses doigts, il repère des prises sur l'écorce rugueuse. Il se campe solidement au-dessus du tronc.

– Cette fois, je t'aurai ! grogne-t-il en serrant les dents.

Tadao se prépare mentalement pour réaliser son exploit. Il ferme les paupières, essaie de faire le vide dans son esprit. Il inspire une grande bouffée d'air...

– Éééiiiii !

Il a bougé ! Le tronc a bougé ! Tadao a réussi à le soulever ! De quelques centimètres, bien sûr. Mais c'est quand même mieux que la dernière fois ! Il se redresse, et lance un grand cri vers le ciel pour remercier les dieux.

En redescendant vers la plage, Tadao a la désagréable impression d'être suivi. Il s'arrête. Il se retourne. Dans ce passage au bord de la falaise, les pins aux troncs noirs et tordus ne sont pas rassurants. Le silence de la forêt est pesant, envahissant. Personne… Et pourtant, il n'est pas seul, il en est sûr !

– Ohé ! Il y a quelqu'un ?

Pas de réponse…

– Ohé !

Le craquement d'une branche morte le fait sursauter. Derrière le rideau d'arbres, deux ombres se faufilent. Isao et Tetsuya ! Pas besoin d'écarquiller les yeux pour reconnaître les jumeaux ! Ils le suivent sans doute depuis le matin… Son sang ne fait qu'un tour. Tadao part au triple galop sur le sentier qui descend en pente raide, au risque de se fouler une cheville en se prenant le pied dans une racine ou une mauvaise souche.

Dans son dos, il entend leur cavalcade. Il tourne la tête brusquement, Isao et Tetsuya se rapprochent. Soudain, un caillou siffle au-dessus de lui. D'instinct, Tadao se courbe et se protège le crâne. Il jette de nouveau un coup d'œil en arrière. Ses cousins ont abandonné la poursuite, et lui lancent des pierres à toute volée. Mais il se trouve hors de portée. Seules leurs médisances lui parviennent…

– Tadao le lançon ! hurle Tetsuya.

– Tadao le poltron ! Il se bat contre les troncs ! chante Isao.

Arrivé sur la plage, Tadao se dirige vers la Pointe du Dragon. Là, il sait qu'il va retrouver Noro san. Le vieil homme, à son habitude, est assis sur le sable. Toute la lumière du jour paraît se concentrer sur les bouées rouges et bleues qui dansent sur les vagues. Le garçon s'installe près du vieil homme, sans dire un mot. Noro san tire une longue bouffée de sa pipe…

– Alors, Tadao…Que t'arrive-t-il ?

Tadao aime Noro san. Il sait lire dans

le cœur des hommes. Tadao lui sourit, d'un sourire mêlé de tristesse. Il a terriblement envie de se confier :

– Je... je suis un lâche, Noro san. Isao et Tetsuya m'ont provoqué et... et je me suis enfui en courant !

Les paupières plissées, Noro san fixe l'horizon.

– Tu apprendras que la meilleure riposte, c'est encore la fuite, Tadao. Il faut éviter de se battre... coûte que coûte !

Ryoko et son grand-père sont revenus de Tokyo. L'entraînement a repris. Chaque jour, il s'avère de plus en plus intensif. Tadao s'applique dans son travail. Ce matin, il a comme l'impression que ses pieds se placent de façon machinale entre les jambes de Ryoko. Il commence même à bien sentir son déséquilibre. Ryoko, elle, déborde d'énergie. Solidement campée sur ses jambes, elle résiste au maximum pour faire travailler son partenaire.

À genoux à l'ombre de son pin centenaire, le directeur l'observe sans broncher depuis un moment. Soudain, il fait claquer sa langue contre le palais et se lève en hochant la tête :

– Ça ne va pas, Tadao… Ça ne va pas ! Tu utilises mal ton bras gauche. Il faut tirer vers le haut pour mieux déséquilibrer Ryoko. Viens, je vais te montrer !

D'un geste de la main, il écarte Ryoko. Tadao se retrouve face à lui. Les deux judokas échangent un salut. Le pouls de Tadao s'accélère. Il avale une grande bouffée d'air. Droit dans la lueur frémissante du soleil, le directeur saisit son kimono et commence à exécuter le mouvement au ralenti. Tadao roule doucement autour de son épaule, et chute dans l'herbe rase.

– Et maintenant, Tadao, montre-moi ce que tu sais faire.

Comme avec Takéji, Tadao éprouve la sensation de se retrouver en face d'un mur inébranlable. Les yeux du directeur semblent ne pas le regarder. Tadao essaie de placer morote seoi nage, o soto gari, ko uchi gari, et d'autres mouvements qu'il a vu faire par Takéji, mais il a l'impression que le directeur devine à chaque fois ses intentions d'attaque.

– Allez, Tadao... Il faut vaincre ta peur !

La leçon terminée, Tadao s'assied sur un rocher pour reprendre ses esprits. Son regard se perd sur l'horizon. Là-bas, au large, un superpétrolier traîne dans son sillage un bouillonnement d'écume blonde. La main dans celle de son grand-père, Ryoko tourne les talons.

Quand il se retrouve seul, un grand calme intérieur envahit Tadao. Comme s'il sortait d'un long bain de mer. Il ferme les paupières. Il est aux prises avec Takéji... Son corps pivote. Ses hanches décrivent un arc de cercle et viennent se coller devant ses cuisses. Genoux pliés, talons ancrés sur le sol, Tadao le soulève sur son dos dans un mouvement glissé. Sa main gauche le tire vers le haut et vers l'avant, puis il se détend, tel un ressort, le basculant par-dessus son épaule. Tadao se lève. Il est temps de partir. La leçon de judo est finie, mais le mouvement est là, inscrit dans son corps, gravé dans son esprit.

LA RENTRÉE

La maison du bord de l'eau s'est endormie. Tadao admire les champions saisis en pleine action. Les traits du visage tendus par le kiai reflètent l'explosion d'énergie au moment de la projection. Tadao se rappelle les mots du vieux samouraï, le grand-père du directeur… « C'est toute ta vie qui part dans le coup ! »

Il est tard. Tadao est fatigué. La flamme de sa lampe à huile anime les photos. Ses paupières sont lourdes. Il est temps qu'il s'endorme car demain, c'est le grand jour : Takéji rentre de Tokyo pour le premier entraînement de la saison de judo !

Ce matin, le directeur lui a donné les derniers conseils, et Ryoko lui a promis qu'elle penserait fort à lui. Malgré cela, malgré les heures passées à suer à grosses gouttes dans son kimono, malgré les sages conseils de Noro san, Tadao ne se sent pas plus rassuré que la première fois... Ses jambes vont-elles l'abandonner ? Son courage va-t-il s'effondrer comme un château de sable ? L'appréhension lui pince le cœur, lui noue l'estomac. La peur de combattre, de se frotter à Takéji, le reprend...

En deux mois d'entraînement, Takéji a bien changé. Il a grandi de quelques centimètres, et son pantalon de kimono semble trop court. Tadao l'observe enfiler son judogi, et serrer calmement sa ceinture noire.

– Alors, Tadao... Tu t'es bien entraîné pendant les vacances ? En tout cas, tu as l'air en forme et tu as fière allure dans ton kimono !

Tadao sourit au compliment. Il sent une force nouvelle se glisser en lui.

Dans le dojo règne une ambiance inhabituelle. Les tatamis sont imprégnés des odeurs de la forêt. L'air sent la résine chauffée par le soleil d'été, mêlée au parfum d'encens. Agenouillé près de Noda senseï, le directeur est venu assister au premier cours de la saison. Son visage serein ne trahit aucune émotion, ne reflète aucune pensée.

Après le salut rituel et la séance d'échauffement qui lui semble presque courte, arrive le moment que Tadao appréhende par-dessus tout : le randori. Noda senseï tape dans ses mains…

– Les ceintures noires ! Invitez un partenaire !

Takéji se lève et se dirige vers Tadao. Ils se saluent. Les autres judokas se sont déjà empoignés pour combattre. Le plaisir de reprendre l'entraînement les excite, ils se donnent à fond. Les mains puissantes de Takéji saisissent le kimono de Tadao. Ça y est ! La danse recommence ! Comme si Tadao était pris dans un étau. Il jette un coup d'œil dans le fond du dojo. Le directeur l'observe.

Tadao connaît son morote seoi nage sur le bout des doigts, pour l'avoir répété des heures et des heures. Mais il n'ose pas se lancer. « La peur paralyse, Tadao. Elle peut t'empêcher de devenir un bon judoka... » Les paroles du directeur lui reviennent, lancinantes. « Tu es un lançon, une petite anguille. Et c'est là ta supériorité ! » Tadao doit se concentrer, libérer son esprit, vaincre l'appréhension.

Mais il n'y a rien à faire. Il ne peut s'empêcher de penser au directeur qui le regarde, impassible, à Ryoko, à sa mère aussi. Il faut pourtant qu'il oublie tout cela, qu'il fasse le vide. Maîtriser son souffle et plonger ! Plonger sans retenue... Exploser littéralement pour arracher Takéji au tatami.

– Ééé iiiii !

Le cri est sorti des entrailles de Tadao. Takéji perd l'équilibre. Tadao sent le corps de son cousin décoller du sol, entraîné par sa projection. Mais au dernier moment, il parvient à reprendre appui avec la main et à se redresser. Le

silence est tombé sur le dojo. Tadao lance un regard interrogateur vers le directeur. Un large sourire irradie son visage. Un clin d'œil à Tadao, et Takéji reprend la garde. Mais cette fois, il se méfie.

En passant près de Tadao, Morihei lui décoche une tape amicale sur l'épaule.

– Alors, le lançon... bientôt ceinture noire ?

Dans une semaine, c'est la rentrée. Tadao a obtenu la permission de retourner chez lui pour quelques jours. Son cœur frémit d'impatience. Il veut tout raconter. Sa peur, ses progrès, son premier cours de judo, son amitié pour Ryoko, pour son grand-père le directeur, pour Noro san. Il voudrait lire la fierté sur le visage de sa mère quand il lui rapportera les propres paroles de Noda senseï : « Eh bien, Tadao. Tu es entré dans la grande famille du Judo. Et je crois bien que l'esprit de Kano Jigoro s'est posé sur toi ! » Sur l'océan, le ciel est dégagé... Les mouettes plongent dans l'eau houleuse. L'étrave de la navette s'enfonce dans les rouleaux bouillonnants. Debout sur le pont, son sac sur le dos, Tadao a le regard rivé sur la petite jetée de l'île de Tomiuka. Le phare se rapproche. Les maisons grandissent insensiblement. Sur son visage couvert d'embruns, Tadao laisse couler une larme de sel qui se perd dans son sourire.

INFORMATIONS

Cascade

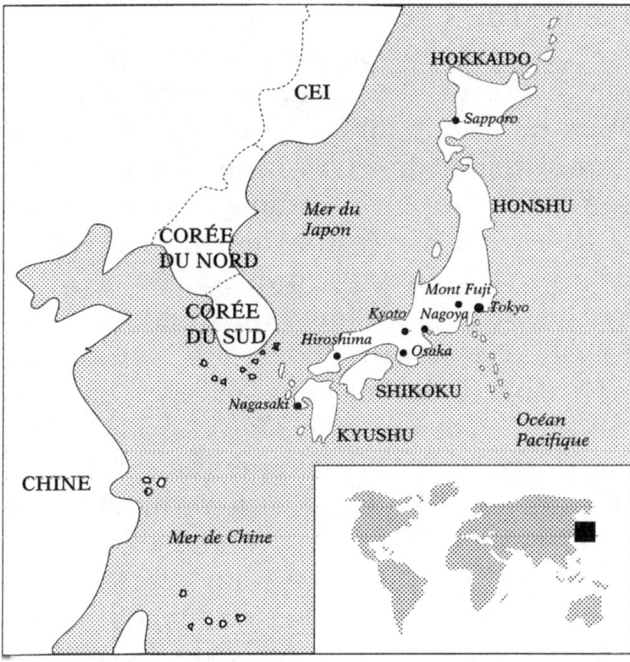

Depuis plus de 15 siècles, le Japon est gouverné par des empereurs, qu'on appelle traditionnellement « Mikado ». De nos jours ses pouvoirs sont très limités .

LE JAPON

Le Japon est aussi appelé Pays du Soleil Levant. Il est situé en Asie, à l'est de la Chine, dans l'océan Pacifique.

Plus petit que la France, le Japon est formé de 3000 îles. La nature y est très belle mais peu hospitalière pour l'homme. Les tremblements de terre sont fréquents (1500 par an) et souvent accompagnés de typhons et de raz-de-marées. Au nord, l'île d'Hokkaïdo est couverte en hiver de 3 ou 4 mètres de neige, tandis qu'au sud, l'île de Kyushu connaît un climat subtropical. Les trois quarts du sol sont occupés par des montagnes recouvertes de forêts, 532 sommets dépassent les 2000 mètres et il y a 67 volcans en activité (le Fuji-Yama culmine à 3776 m).

Il reste peu de place pour les 122 millions d'habitants (deux fois plus qu'en France) qui se regroupent dans les plaines étroites et sur les côtes. Presque un Japonais sur deux habite dans les trois villes principales : Tokyo (un peu moins de 30 millions d'habitants, avec la banlieue), Osaka et Nagoya. Pour gagner de la place, on construit des îles artificielles. Dans la campagne, chaque pouce de terre cultivable est exploité, des rizières en terrasses occupent les flancs des montagnes. Les côtes étant très étendues, la pêche constitue une activité importante. Les villages des pêcheurs sont tapis au pied des falaises ou à l'abri des dunes.

Bien qu'il ait peu de ressources naturelles (pas de pétrole, de charbon ni de minerais), le Japon est aujourd'hui le pays le plus riche du monde. Au prix d'un énorme effort (les Japonais travaillent 48 heures par semaine contre 39 en France et ne prennent que sept jours et demi de vacances par an...) et d'une concurrence acharnée, le Japon est devenu le pays le plus performant sur le plan de la technologie : ordinateurs et robots, voitures, magnétoscopes, appareils photos, etc. sont célèbres dans le monde entier pour leur qualité.

SAVEZ-VOUS QUE...

Au Japon, on évite de dire « je » ou « non » : ces termes sont considérés comme très mal élevés. Il ne faut pas avoir l'air de se mettre en avant ou de contrarier son interlocuteur.

UNE MAISON JAPONAISE

De plus en plus, le mobilier d'une maison japonaise ressemble à celui d'une maison française. Mais, même quand ils habitent un appartement moderne, les Japonais aiment avoir une pièce installée de façon traditionnelle.

Le sol est recouvert de nattes de paille de riz (les tatamis), sur lesquelles on marche en chaussettes ou en chaussons. On ne mesure pas la dimension d'une pièce en mètres carrés, mais selon le nombre de tatamis qui la couvrent ($12\ m^2 = 6$ tatamis). Les cloisons sont faites de panneaux coulissants, que l'on peut déplacer si l'on veut modifier la disposition des pièces.

Dans la journée, on s'assied sur des coussins disposés autour de tables basses. Le soir, on range tables et coussins pour sortir les futons, sorte de matelas minces que l'on déroule sur les nattes.

> Les deux chaussettes d'une paire ne sont pas pareilles : comme le gros orteil est séparé des autres doigts, il y a une chaussette droite et une chaussette gauche.
> Mais il n'y a pas de pied droit ni de pied gauche dans les « geta », les sandales japonaises : les deux côtés sont identiques.

LE JUDO

Le judo, dérivé du ju-jitsu, signifie « voie de la souplesse ». C'est un art martial comme le karaté, l'aïkido, le kendo, etc.

À la fin du XIXe siècle, un jeune étudiant, Jigoro Kano, excellent élève mais malingre et chétif, voulut apprendre le ju-jitsu pour mieux se défendre des brimades dont il était victime de la part des autres étudiants. Mais ce sport était presque oublié, il eut beaucoup de mal à trouver un professeur... Il persévéra et, devenu un brillant judoka, il ouvrit sa propre école. Il abandonna le ju-jitsu, trop guerrier à son goût, pour le transformer en « judo », plus éducatif. Jigoro Kano, le père du judo moderne, est vénéré encore par tous les sportifs.

Le judo se pratique dans un « dojo », salle dont le sol est recouvert d'un tapis appelé tatami. On ne se comporte pas dans un dojo comme dans un simple gymnase : on y pénètre en kimono (la tenue du judoka s'appelle en réalité « judogi »), pieds nus, en effectuant des gestes rituels chargés de symboles. En entrant dans le dojo, le judoka fait un salut, pour marquer son respect à la fois envers les lieux, les autres judokas, ainsi qu'envers la mémoire de Jigoro Kano.

Le principe du judo est basé non sur la force, mais sur la souplesse. Il faut parvenir à esquiver l'attaque de l'adversaire, à contrôler son équilibre pour le déstabiliser, et à utiliser la force déployée par l'attaquant en la retournant contre lui-même pour l'envoyer au sol et l'immobiliser.

Au Japon, l'apprentissage du judo dure deux ou trois années, avant d'obtenir la ceinture noire (premier dan). Les ceintures de couleurs n'existent pas : elles ont été imaginées en France par le professeur Kawaishi pour encourager les débutants à progresser. Il faut avoir 16 ans pour devenir ceinture noire.

Les étapes qui marquent la progression des débutants s'appellent les « kyu » :

– ceinture blanche : 6ème kyu
– ceinture jaune : 5ème kyu
– ceinture orange : 4ème kyu
– ceinture verte : 3ème kyu
– ceinture bleue : 2ème kyu
– ceinture marron : 1er kyu

Les judokas confirmés portent la ceinture noire, et progressent par étapes appelées « dan », et numérotées de 1 à 12. Les judokas les plus gradés du monde aujourd'hui sont 9ème dan. Il y en a très peu.

– ceinture noire : 1er au 5ème dan

– ceinture rouge et blanc : 5ème au 7ème dan

– ceinture rouge : 8ème au 11ème dan (très rare)

– ceinture blanche, large : 12ème dan (exceptionnelle : elle n'a été décernée qu'une fois, à Jigoro Kano, après sa mort.)

INFOS JUDO

FÉDÉRATION FRANÇAISE DE JUDO
42, rue des plantes - 75014 PARIS
Téléphone : 45.42.80.90

Ces dossiers ont été établis en collaboration avec Nicole Bustarret et Michèle Mancel.

COLLECTION

Cascade

7 - 8

L'ABOMINABLE GOSSE DES NEIGES
Alain Surget.
AU PAYS DES BANANES ET DU CHOCOLAT
Karin Gündisch.
COMMENT DEVENIR PARFAIT EN TROIS JOURS
Stephen Manes.
L'ÉTRANGE HISTOIRE DE DINGO
William H. Armstrong.
LE FILS DES LOUPS
Alain Surget.
HUGO ET LES LAPINS
Anne Sibran.
UN KIMONO POUR TADAO
Yves-Marie Clément.
LES MALHEURS DE SOPHIE
Comtesse de Ségur.
OPÉRATION CALEÇON AU CE2
Catherine Missonnier.
PETIT FÉROCE N'A PEUR DE RIEN
Paul Thiès.
PETIT FÉROCE DEVIENDRA GRAND
Paul Thiès.
PETIT FÉROCE EST UN GÉNIE
Paul Thiès.
PETIT FÉROCE S'EN VA-T-EN GUERRE
Paul Thiès.
LA PISTE DES CARIBOUS
Annie Paquet.
POMME A DES PÉPINS
Béatrice Rouer.
LE PRINCE ET LA GUENON
Ruskin Bond.
QUI A VU LE TURLURU
Alain Surget.
SITA ET LA RIVIÈRE
Ruskin Bond.
SUPERMAN CONTRE CE2
Catherine Missonnier.
LE TRÉSOR DES DEUX CHOUETTES
Évelyne Brisou-Pellen.
TRUCS À TROQUER
Marie-Noëlle Blin.
VACANCES SORCIÈRES
Catherine Missonnier.

9 - 10

UNE AMIE GÉNIALE
Sandrine Pernusch.
ATTENTION AUX PUCES
Jean-François Ferrané.
AU BOUT DU CERF-VOLANT
Hélène Montardre.
AU PARADIS DES ENFANTS
Dagmar Galin.
LES AVENTURES D'UN CHIEN PERDU
Dagmar Galin.
LES BRACONNIERS DU ROI
Paul Thiès.
CLASSE DE LUNE
François Sautereau.
LA DOUBLE CHANCE DE JULIETTE
Françoise Elman.
DOUBLE MARTIN CONTRE POISON ROSE
Fanny Joly.
ELSA ET ANTONIO POUR TOUJOURS
Jean-Paul Nozière.
L'ÉTÉ DES CONFIDENCES ET DES CONFITURES
Yves Pinguilly.
LES ÉTOILES ENSEVELIES
Pierre Pelot.
EXTRATERRESTRE APPELLE CM1
Catherine Missonnier.
LE GANG DES RÂLEURS
Jane Sutton.
GARE AUX CROCODILES
Jean-François Ferrané.
LA GUERRE DES POIREAUX
Christian Grenier.
LA GUERRE DE RÉBECCA
Sigrid Heuck.
HISTOIRE DE LUCIEN
François Charles.

COLLECTION

Cascade

LES INDIENS DE LA RUE JULES FERRY
François Sautereau.

JONGLER N'EST PAS JOUER
Paul Thiès.

LE JOURNAL SECRET DE MARINE
Sandrine Pernusch.

LE LÉVRIER DU PHARAON
Roger Judenne.

LA MAISON AUX QUATRE ÉTOILES
Hélène Montardre.

LA MÉLODIE DE LA PEUR
Boileau-Narcejac.

LE MOUSSE DU BATEAU PERDU
Yvon Mauffret.

MYSTÈRE À CARNAC
Michel-Aimé Baudouy.

MYSTÈRE AU CHOCOLAT
Didier Herlem.

LA NUIT DU RENDEZ-VOUS
Hélène Montardre.

PARIS-AFRIQUE
Yves Pinguilly.

LES PASSAGERS DU GOIS
Marie Dufeutrel.

LA PLUS GRANDE LETTRE DU MONDE
Nicole Schneegans.

LE PRINCE DU CHÂTEAU FOU
Gérard Bialestowski.

RENDEZ-VOUS AU ZOO
Corinne Gerson.

LE SECRET DE L'OISEAU BLESSÉ
Betsy Byars.

11 - 12

À CLOCHE CŒUR
Marie-Florence Ehret.

L'ACROBATE DE MINOS
L.N. Lavolle.

UNE AMITIÉ BLEU OUTREMER
Yvon Mauffret.

L'ANGE DE MAURA
Lynne Reid Banks.

L'APPEL DE LA FORÊT
Jack London.

BONS BAISERS DE CALIFORNIE
Marie-Noëlle Blin.

LA CAPTURE DE CÉSAR
Michel-Aimé Baudouy.

C'EST LA VIE, LILI
Valérie Dayre.

COMME SUR DES ROULETTES
Malika Ferdjoukh.

COUP DE FOUDRE
Nicole Schneegans.

CYRANO JUNIOR
François Charles.

LES DEUX MOITIÉS DE L'AMITIÉ
Susie Morgenstern.

L'ÉTÉ DE TOUS LES SECRETS
Katherine Paterson.

L'ÉTÉ JONATHAN
Marie Dufeutrel.

LA GRIFFE DU JAGUAR
Yves-Marie Clément.

L'INCONNU DE LA PROISELIÈRE
Monique Ponty.

LE JOUR DU MATCH
Gilberte Niquet.

UN JOUR UN ENFANT NOIR
William H. Armstrong.

LE MYSTÈRE DE LA NUIT DES PIERRES
Évelyne Brisou-Pellen.

LE PERROQUET D'AMÉRICO
Huguette Pirotte.

PIÈGES EN COULISSE
Pierre Leterrier.

LE ROYAUME DE LA RIVIÈRE
Katherine Paterson.

LE TRÉSOR DU MENHIR
Yvon Mauffret.

LE VOLEUR DE PANDAS
Alain Surget.

L'AUTEUR

Yves-Marie Clément, né en 1959 à Fécamp, en Normandie, est un adepte des arts martiaux, qu'il pratique assidûment depuis l'âge de 15 ans. Ceinture noire de judo ju-jitsu, il a voulu faire partager cette passion à travers l'aventure de Tadao.

Auteur de plusieurs romans pour la jeunesse (il a notamment publié *La griffe du jaguar* dans la collection CASCADE), il affirme retrouver dans l'écriture la rigoureuse discipline qu'il a découverte dans la pratique des arts martiaux.

L'ILLUSTRATEUR

Thierry Christmann est né en 1964 à Strasbourg, en Alsace. Après cinq ans d'études aux Arts décoratifs, il se lance dans l'illustration de livres documentaires, qu'il délaisse un peu actuellement pour illustrer des romans.

Il aime se promener dans sa ville avec un appareil photo à la recherche d'images intéressantes, d'anecdotes. Il en tire des clichés qui l'inspirent parfois pour son travail. Entre deux dessins il arrive qu'il retourne à l'école, mais en tant qu'animateur. Et là, ce sont les élèves qui dessinent.

Achevé d'imprimer le 18 juillet 1992
sur les presses de l'Imprimerie Hérissey à Évreux
N° d'édition : 2213
N° d'imprimeur : 58782